अनुष्टुप

अनुष्टुप्

अनामिका

वाणी प्रकाशन

वाणी प्रकाशन

4695, 21-ए, दरियागंज, नयी दिल्ली 110 002

फ़ोन : +91 11 23273167 फ़ैक्स : +91 11 23275710

शाखाएँ

अशोक राजपथ, पटना 800 004, बिहार

कॉफ़ी हाउस कैम्पस, महात्मा गांधी मार्ग, इलाहाबाद 211 001, उत्तर प्रदेश

महात्मा गांधी अन्तरराष्ट्रीय हिन्दी विश्वविद्यालय, वर्धा 442 001, महाराष्ट्र

सुल्तानिया रोड, मोतिया पार्क, भोपाल 462 001, मध्य प्रदेश

www.vaniprakashan.in
marketing@vaniprakashan.in
sales@vaniprakashan.in

ANUSHTUP
by Anamika

ISBN : 978-93-89563-03-0
Poetry Collection

प्रथम संस्करण 2019

मूल्य : ₹ 225

जयंत प्रिन्टरी एलएलपी, मुंबई-2 में मुद्रित

वाणी प्रकाशन का लोगो मक़बूल फ़िदा हुसेन की कूची से

अग्रज अमिताभ राजन के लिए,
समकालीन हिन्दी कविता से
जिसे बहुत-सी शिकायतें हैं
जैसे घनिष्ठतम मित्र से
होती हैं

प्राक्कथन

बचपन में कवि-पिता, श्यामनन्दन किशोर के साथ कविता की 'अन्त्याक्षरी' और 'समस्यापूर्ति' खेलते हुए जो काव्य-यात्रा आरम्भ हुई, उसने चीज़ों को गौर से देखना और ध्यान से सुनना निश्चित ही सिखाया! तब से अब तक कविता का परिदृश्य काफ़ी बदला है! आई.टी. प्रोफ़ेशनल की लय में कविता-प्रोफ़ेशनल बढ़े हैं! पूरे वर्ष में अनगिनत काव्य-पाठ हर संस्था कराती है! विदेशों में रचनात्मक लेखन की जो कक्षाएँ लगती हैं, उनमें सबसे ज़्यादा प्रत्याशी काव्य-लेखन की ओर उन्मुख होते हैं! हालाँकि कविता नाम की यह विधा स्वयं 'प्रतियोगिता' के परे जाकर 'सहकारिता' में रमने की बात कहती है (नाटक से संलाप, कथा से कथानक, संगीत से लय, चित्रकला से बिम्ब लेकर बढ़ता है इसका शिल्प), फिर भी हज़ार 'काव्य प्रतियोगिताएँ' आयोजित होती ही रहती हैं। 'इण्टरनेट' जब से हवाई फायर के गुरिल्ला बेस की तरह विकसित हुआ है, रात-बिरात 'वॉट्सऐप' समूहों पर कविताएँ कुरुलिया चिड़िया-सी लगती हैं चूँ-चूँ करने! देशी-विदेशी कविताओं के अच्छे अनुवाद जो 'इण्टरनेट' पर सहज उपलब्ध हैं, उससे नये कवि भरपूर गपशप करते हैं जिससे काव्य-भाषा गहरे अर्थों में अन्तःपाठीय हुई है—चटक, शोख, चुटीली!

मेरे पुराने संकलनों से भी कुछ कविताएँ अन्तर्जाल पर और समवेत संकलनों में उपलब्ध हैं, पर ज़्यादातर संकलन बाज़ार में उपलब्ध नहीं, इसका उलाहना समय-समय पर शोधार्थियों और नये पाठकों से मिलता रहा जिन्हें पुस्तकालयों से या मेरे पास बची इकलौती प्रतियों के फ़ोटोस्टेट से एक लम्बे समय तक काम चलाना पड़ता! उन्हीं के स्नेहादेश पर नये कलेवर में वाणी प्रकाशन इन्हें पुनर्मुद्रित कर रहा है, इसका आभार!

मेरा पहले दोनों संग्रह 'शीतल स्पर्श एक धूप को' और 'गलत पते की चिट्ठी' क्रमशः 1975 और 1978 में विहार ग्रंथ कुटीर से छपे थे। मेरे स्कूल की डायरी से उतारकर माता-पिता ने सहज स्नेहवश वे कविताएं निकालकर 'एक कस्बाई लड़की की डायरी' बनी है। 'समय

के शहर में' 1990 में छपा था, 'बीजाक्षर' 1993 में, 'अनुष्टुप्' 1998 में, 'कविता में औरत' 2005 में, 'दूब-धान' 2007 में ।

मैं मुजफ़्फ़रपुर से उच्च शिक्षा के लिए दिल्ली विश्वविद्यालय 1982 में आयी। 1982 से 1998 तक के मेरे ये वर्ष इतने नये तरह के अनुभवों के कपाट मेरे सामने धकाधक खोलते चले गये कि मैं दंग। इसी बीच पिता का साया भी सर से उठ गया। मात्र इक्यावन साल के परमस्नेही और हँसमुख पिता ये कहकर गये कि मृत्यु का मातम क्या मनाना, उसी तिथि पर 'गुड़िया' की शादी कर देना जिस पर मैं तय कर गया हूँ... और महीने-भर के भीतर शादी कर भी दी गयी! लम्बे समय तक तो मैं अवाक् ही रही। उसके बाद धीरे-धीरे जो कविताएँ फूटीं—उनका छन्द नयी माँ के दूध की धार का ही छन्द था! देखते-ही-देखते वात्सल्य मेरे जीवन का स्थायी भाव बन गया! नयी माँ और नयी कॉलेज-टीचर की आँखों से जीवन-जगत् की जो विडम्बनाएँ पढ़ीं, उनका ही सजग साक्ष्य वहन करते हैं ये आगे के सारे संग्रह!

अपने 'समकाल' की पड़ताल करने चलूँ तो कुछ साझा लक्षण सामने आते हैं। मेरी पीढ़ी के अन्य कवियों से मेरा संवाद धीरे-धीरे ही बना और नब्बे के आस-पास ही। सोवियत संघ के विघटन के बाद के अवाक् दिनों में।

—अनामिका

वक्तव्य

वैयक्तिक, सामाजिक, भौतिक, आधिभौतिक जीवन की कोई भी तकलीफ़ जीवन की विडम्बनाओं की एक महीन-सी समझ मनुष्य में अनजाने विकसित कर देती है। पीड़ा इसी अर्थ में प्रक्षालक है—मुक्ति के द्वार खोलने वाली। सृजन के क्षण एक गहरे एकान्त-बोध की उपज होते हैं। यह एकान्त-बोध वितृष्णा या मोहभंग-जन्य क्षणिक मरघट-वैराग्य नहीं होता। यह होता है विडम्बनाओं की पहचान के बाद की निस्संग दृष्टि जो सृष्टि के पहले के महाशून्य से उपजी थी जब ईश्वर को भी अकेला-अकेला-सा लगने लगा था।

शुरू में सिर्फ़ अँधेरा ही अँधेरा था, जल ही जल—फिर शब्द फूटे। शब्द अँधेरे से ही फूटते हैं। यही शब्दों की नियति है—प्रकारान्तर से कविता की नियति। शब्द प्रकाश की वर्णमाला हैं—प्रकाश की पहचान का आदिसूत्र, बीजमन्त्र। अँधेरे में रास्ता टटोलने के लिए जली दियासलाई।

शुरू में आदमी चाहता है इस एकान्त को थपकियाँ देकर सुला देना, क्योंकि यह तंग और बेचैन करता है। पर होता यह है कि थोड़ी देर के लिए बाँहों में ऊँघ भी जाये तो अचानक यह एकान्त लगता है बजने—और इस पर पड़ी थपकियाँ नगाड़े पर पड़ी थपकियाँ बन जाती हैं। इसी प्रक्रिया में शब्द परमाणुओं की तरह नाचते-काँपते कविता की शक्ल में सज जाते हैं ज़रूर, पर जो कहा जाना है—वह कहने से छूट जाता है—हमेशा।

इस उत्तर-आधुनिक परिदृश्य में कविता की स्थिति डाक में खोयी उस चिट्ठी की सी है जो चाहती है कहीं पहुँचना, पर पहुँच नहीं पाती। इस कठिन समय में जब समय से स्थान, देह से मन, समष्टि से व्यष्टि विच्छिन्न हो चला है (नाभिकीय नाल की) उनकी आपसी पकड़ छूट गयी है और 'आकाश से धरती की बन्द है बातचीत'—कविता चाहती है संवाद—आत्मा का आत्मा से, प्रिय का प्रिय से, कटु का मधु से, कल्पना का यथार्थ से, शिल्प का कथ्य से, इन्द्रियों का इन्द्रियों से, सुख

का दुख से, रूप का अरूप से, भाव का रस से, अतीत का वर्तमान से, परम्परा का प्रयोग से—मनुष्य का मनुष्य से। नैहर आयी बेटी से माँ का जैसा अविरल, अभंग, सतत प्रवहमान, सरस हृदय संवाद होता है—कुछ वैसा ही संवाद कविता जन-जन से चाहती है। घर के किसी कोने में अनादृत पड़े वयोवृद्ध, ज्ञानवृद्ध अभिभावक की तरह कविता चाहती है लोगों के सूक्ष्मतम भाव-तरंगों, सुख-दुख, उत्थान-पतन से जुड़ना, पर लोग उसे अभेद्य, अबूझ और अप्रासंगिक समझकर किनारा किये रखते हैं और उसका संवाद हमेशा अधूरा रह जाता है।

संगीत से ताल-छन्द-प्रवाह, चित्रकला, मूर्तिकला से बिम्ब, वास्तुकला से शिल्प और स्थापत्य, नाट्यकला से संवाद, कथा-जगत् से विवरण लेकर कविता अस्मिता से जुड़े गम्भीरतम सत्यों का सन्धान चाहती है। कविता चाहती है हमारे सपनों, हमारी जातीय स्मृतियों को अपना दूध पिलाकर हमेशा के लिए सुरक्षित कर देना। हमारे भीतर का जो कुछ भी कोमल, उत्कृष्ट, मधुर और प्रांजल है—उसका ही बीमा चाहती है कविता।

भाव का अभाव से सम्बन्ध चूँकि घनिष्ठ है, कविता वहीं फलती-फूलती है जहाँ राजनीतिक-सामाजिक-आर्थिक उत्पीड़न का इतिहास लम्बा हो। एशियाई, अफ्रीकी, लातिन, अमरीकी, जर्मन और पोलिश कविताएँ विश्व की बेहतरीन कविताएँ शायद इसलिए हैं कि इन भू-खण्डों ने झेला-भोगा-सहा बहुत है। स्त्रियाँ—विश्व-भर की स्त्रियाँ एक अलग नवोदित राष्ट्र-सरीखी धीरे-धीरे जगती हुई उत्कृष्ट साहित्य रच रही हैं और दे रही हैं एक ऐसी दृष्टि जिसे सारी सृष्टि ही परमाणु के नाभिकीय बन्ध के भीतर नाचती हुई दिखाई दे।

—अनामिका

अनुक्रम

परदेश का पहला जाड़ा

बाज़ लोग

बहिनाबाई : इक्कीसवीं सदी

बीच का समय

ईश्वर

वे भी अजब दिन थे।
रोज़ सुबह
सिद्धार्थ की मुद्रा में
घर से निकल पड़ती थी
घर में सबको औंधे मुँह सोता छोड़कर।
और फिर बस्ती के बाहर
निकलते थे सैर पर
मैं और ईश्वर!

कभी वह अकेला नहीं मिलता था।
साथ हमारे चलती थी
उसकी साइकिल।

जब उसने पहले-पहल मुझे छुआ
दरक गयी घटाओं की छाती।
हूक की तरह उठी पछिया
और मुझे ऐसे सहेजकर समेटा उसने
जैसे आँधी में
कपड़े अंकवार लिए जाते हैं
        अलगनी से खींचकर!
मैं सूखा कपड़ा नहीं थी,
मुझमें बहुत बूँदें बाक़ी बची थीं
यह मैंने जाना उसी दिन
उसकी भीगी बाँहें, गीले कन्धे देखकर!
एक अजब लय-सी थी उसके छूने-छोड़ने में!
लगता था, सप्तपदी अटक-अटककर

याद आ रही है उसको।
संकोच का पूरा व्याकरण उसे कण्ठस्थ था।
अच्छे परीक्षार्थी की तरह
पूरे मनोबल से दुहरा रहा था वह
संयम के सब पाठ, सब वर्जनाएँ,
सारी-की-सारी नीति-कथाएँ।
पौराणिक स्मृतियाँ डाल रही थीं हम पर
अक्षत और दूर्वादल।
सभी पढ़े, सुने-गुने पाठ्यांश, टुकड़े, प्रसंग–
प्रेम की प्रचलित-अप्रचलित कथाओं से उठकर
दौड़ आये थे अपने पास
और हमें देख रहे थे
अजब मोह से भरकर
क्योंकि लजाए हुए-से हम बैठे थे
जिस पेड़ के नीचे
उस पर बस गिरने ही वाली थी बिजली।
लेकिन हमें उसका डर नहीं था।
सारे डर एक-एक कर उसने
आवरणों की तरह हटा दिये थे,
और समय की जबर्दस्त रस्सियों से
बाँध दिये थे मेरे हाथ/मेरे ही पीछे।

अब आलम यह है कि
कई-कई बरस वह मुझसे नहीं मिलता।
सड़कों पर, बसों में, पुलों पर
अचानक दमक जाती
थके हुए, अनजान लोगों की मुस्कान
लगती है आईना सैलून का जहाँ आकर
वह अपनी दाढ़ी
बनवा लेता है कभी-कभार।
पिछली दफ़ा जब मुझे वह मिला
दाढ़ी बनवाकर लौटता हुआ/मैंने कहा
'तुम भी हद करते हो,
किस धुन में रहते हो, कहाँ रहते हो?

उस दिन की सोचो–
जब मैं तुम्हें भी खो दूँगी।
तुम्हारी हथेलियों से उठकर
अपनी हथेलियों में
आ जाने तक का सफ़र
वैसे तो नया नहीं है, जाने-पहचाने हैं रास्ते,
लेकिन किसी श्लोक-से रट गये रास्ते
(और लोग-बाग भी)
उच्चरित ठीक से नहीं होते कभी-कभी।
मान जाओ, बहुत हुआ, चलो, घर चलो।'

ईश्वर ने कहा–'अभी आया'
और मुझे पकड़ा गया अपना थैला।
यह थैला ढोती हुई बत्तीस बरस से खड़ी हूँ
सड़कों में, बसों में, पुलों पर
उसको टटोलती हुई लगातार।

परमगुरु

मैं नहीं जानती कि साम्य मेरी आँखों का था
या मेरे भौचक्के चेहरे का,
लेकिन सरकारी स्कूल की
उस तीसरी पाँत की मेरी कुर्सी पर
तेज़ प्रकाल से खुदा था—'उल्लू'!
मारी हुई लाज की
कभी हाथ उस पर रखती थी, कभी कॉपी,
लेकिन पट्ठा ऐसा था—
छुपने का नाम ही नहीं लेता था!

धीरे-धीरे हुआ ऐसा—
खुद गया मेरा वह उपनाम
मेरे वजूद पर!
और मैंने उसको जगह दे दी—
कोटर में—अपने ही भीतर!
तब से मैंने जो भी किया—
उसमें उस परमगुरु का
इशारा भी शामिल था!

फिर एक दिन जाने क्या हुआ—
मेरे भीतर का वह उल्लू उड़ गया,
और वहाँ रहने चला आया
सावधान पंजों वाला एक काला बिलौटा!
एक उमर जीने के बाद मैंने गौर किया—
उल्लूपन्थी वाले दिन कितने अच्छे थे!

हमारे अँधेरे समय में
उल्लू की आँख-भर ही तो बची है—
अगर बची है कहीं रोशनी,

इसीलिए उल्लू बनने में
नहीं होनी चाहिए शर्मिन्दगी!
कैसे हम भूल जायें आख़िर
कि उल्लू बनने की प्रक्रिया
में शामिल है आदमी का
आदमी पर भरोसा!

लुप्तोपमा

उस उत्साह की सोचो
जिससे कि लोग
फ़रमाइशी चिट्ठियाँ लिखते हैं विविध भारती को!
सोचो उन नन्हे-नन्हे
क्रान्तिबीजों के बारे में—
सम्पादक के नाम की चिट्ठियों में
जो अँकुरते हैं बस पत्ती-भर!
        नाराज़गी की एक लुप्तप्राय प्रजाति के बारे में
        सोचो तो—
        सोचो उन मीठे उलाहनों की
        जो लोग देते थे
        मिले हुए अर्सा हो जाने पर!
तूफ़ान
        प्यालों में भी
            मचते हैं जो—
वे ऐसे उद्दीप्त होते हैं
जैसे चुम्बन
नींद से माती आँखों पर
भोर के पहले पहर!

बीच का समय

बहुत त्रास देता है बीच का समय।
चालीस की सरहद के पार
अक्सर ही तोंद-सी निकल आती है उदासी
आपके पूरे वजूद के बाहर,
और आप थोड़े लजाए हुए, थोड़े-से क्षमाप्रार्थी
कभी योगमुद्रा में बैठे रह जाते हैं घण्टों चुपचाप,
और कभी दुनिया से मुँह मोड़कर
एकदम ही दौड़ जाते हैं
किसी अलक्ष्य की तरफ़।
माँ चिन्ता करती है, पत्नी शिकायत—
"बहुत आयतन घेरती है तुम्हारी उदासी,
दूरी पैदा करती है, बोरियत भी
और गले मिलने नहीं देती।"
क्या जाने क्या बात है
कि थोड़ा सयाना होते ही
टाइट बेल्ट से बाँधकर
एक बड़ा शून्य पहन लेता है हर आदमी
ऐन अपने दिल के नीचे!

ढूँढ़ना

मेरे लक्षण अजीब हैं।
चीज़ें मुझसे खोती रहती हैं लगातार!
कुछ दिन तो
पता ही नहीं चलता—
खो क्या गया—
सिर्फ़ एक बेचैनी रहती है—
बेमतलब धगरमच्छ मचाती हुई!
और तब अचानक
अर्जेण्ट टेलिग्राम/इल्हाम
कहीं कौंध जाता है कि अच्छा ये...
न जाने कब खुलकर गिर गयी जो,
थी मेरी अपनी ख़ुदी ही तो...
बुँदके की पेंच की तरह पेंचें थीं उसमें,
क्या जाने कब घिस गयीं...।
इसी तरह खो जाती हैं चीज़ें—
ढक्कन कलम के,
चाभी के गुच्छे,
बुँदके, किताबें,
अवसर,
आँखों के तारे...
खो जाते हैं सब धीरे-धीरे!
एक दिन
अलस्सुबह
भरपूर मातम मनाने के बाद उठो,
एक उसाँस भरो कर्मयोग की,
कमर कसो और उसे ढूँढ़ने चलो

तो दुनिया की हर चीज़ मिल जायेगी
सिवा उसके!
ढूँढ़ना एक जादुई प्रक्रिया है
जिसमें मिल जाता है सब कुछ
सिवा उसके।
ज़्यादा ही लुका-छिपी
खेली होगी मैंने बचपन में
जो चीज़ें लगातार लुका-छिपी खेलती हैं मुझसे!
जीवन की कापालिक साधना
में जैसे कहती हैं डाकिनियाँ
"ये ले लो, वो ले लो,
ले लो सब, सिवा...सिवा उसके!!"

एक्सपायर्ड मेडिसिन

अपनी भाषा में नहीं मिलता इसका पर्याय।
अपने यहाँ वैद्यक में अक्षतयौवन होती होंगी दवाएँ!
लेकिन इस सरकारी अस्पताल के बाहर
कंचनजंघा के से उत्तुंग ढेर में जो पड़ी हैं—
वे सब गतप्राण औषधियाँ/
ताजा पैकिंग में बासी टिकियाँ—
क्या हैं वे?
चेखव की उन बहनों की
स्वप्नान्ध, शरमीली आँखें
जिन्होंने मॉस्को की इतनी चर्चाएँ सुनी हैं
कि उन्हें फ़र्क़ ही नहीं पड़ता—
उन्होंने मॉस्को देखा भी है या नहीं देखा?
मॉस्को नहीं देखना मॉस्को से भर जाना है!
चट्टान की छाती में धँसकर
तेल का समुन्दर बन जाती हैं
जैसे वनस्पतियाँ,
मिट्टी के आगोश में अपना सिर गाड़कर—
क्या जाने क्या बनने की प्रक्रिया में
निस्पन्द लेटी हैं औषधियाँ!

कुछ देर पहले वे फुर्ती में थीं!
कुछ भी कर सकती थीं वे।
छोटे बच्चे जूते-मोजे पहनकर
दिन से ही गेट पर टहलने लगते हैं जैसे
रात दस बजे की गाड़ी के लिए—
वे भी आतुर थीं ज़रा देर पहले तक

कुछ कर गुज़रने की ख़ातिर!
दुनिया के सबसे उजले,
कलफ-लगे कपड़े
उन्होंने पहने थे!
'ज्यों की त्यों धर दीनी चदरिया' की तर्ज़ पर लेकिन
'ज्यों के त्यों' वे रह गये!
फिर भी 'मिस हैविशम' डिकेन्स की,
(शुक्र है खुदा का कि)
औषधियाँ नहीं बनीं!)
वे शान्त हैं अभी भी उतनी,
उतनी ही हैं वे अकुण्ठ
जितनी अविवाहित वृद्धाएँ
जो अम्मा हो जाती हैं पूरे गाँव की!
एक तरफ़ दीवार की नोनी-सी झड़ रही हैं,
दूसरी तरफ़ लेकिन
उनके गलने से जो बह रहा है—
माउण्ट वैसूवियस का लावा है—
अन्तिम रजस्राव, छुटकारा,
परिवर्तन ऋतु का। बस और क्या!
इतना अकारथ नहीं होता जीवन किसी का।
मिट्टी हो जाना भी एक साधना है।
वैद्यराज से पूछिए, मिट्टी खुद भी दावा है!
"दे ऑल्सो सर्व हू ओन्ली स्टैंट ऐंड वेट"—
तो बताओ, मिल्टन, क्या होता है होना,
आउट ऑफ डेट?
यात्रा शुरू होती है अनन्त की,
'डेट' के 'गेट' से निकलकर ही!

खोए पते

ये अक्सर खो जाते हैं–
(गिर जाते हैं डायरी से–)
जटायु के विवश साक्ष्य में जैसे
इधर-उधर गिरते चले गये थे
सीता के गहने!
बुद्धिमती थीं सीता!
शोक के महाकाश से सोना बरसाकर
राम को दिखाया था रास्ता!
सिद्ध किया था अपने ढंग से–
लापता लोग नहीं होते
पूरी तरह लापता!
जटायु दिनों के विवश साक्ष्य में
झड़ जाते हैं जो पते–
मिलते हैं
कई वर्ष बाद वे अचानक
फिर से–
जब आदमी किसी अजनबी की ख़ातिर
बेमतलब मुस्कुरा देता है,
हाथ पकड़कर किसी का
रास्ता पार करा देता है।

संयुक्त परिवार

अचानक ही चलता है पता
कि किसी का कुछ हुआ,
फलाने का फलाना विवाह कर रहा है,
ढिमके का ढिमका विदेश गया,
फलाँ के फलाँ के फलाँ के सन्तान हुई,
चिलाँ के चिलाँ के चिलाँ ने दुनिया छोड़ी...

गिरती है चिट्ठी
स्मृति के काँपते हुए जल में।
उठते हैं आवर्त्त–
क्रमशः बड़ी होती जाती
चूड़ियों की झाँझ की तरह!
खन-खन-खन, खनन-खनन–
बजता है मनःलोक!
चढ़ती हुई चूड़ियाँ, चूड़ियाँ उतरती हुई–
क्या-क्या उतर जाता है धीरे-धीरे–
उतरते हैं छिलके, पर्दे, मुलम्मे!
कपड़ों के साथ-साथ देह उतर जाती है धीरे-से!

पितृपक्ष के तर्पण!
नाश्ते से अण्डे हटाती है बड़ी बुआ–
"दस दिन नहीं यह सब,
दस दिन तो पूर्वजों की स्मृति में
संयम बरतो!"

देखते हैं पूर्वज
भरी हुई आँखों से

सब—
पाण्डुलिपियाँ अधूरी, उल्लंघित आदेश
टूटना घरों का, खेतों का बिकना—
गये हुए कहीं नहीं जाते!
जा तो रहे हैं हम सब ही
धीरे-से
कहीं-न-कहीं!
"क्या हमारी स्मृति में भी
छोड़े जायेंगे कुछ अण्डे?"
पूछती है भाभी हँसकर
एक ग्रुप फ़ोटो से धूल पोंछती!
चिन्तित है घर का सबसे छोटा बच्चा—
सिर मुड़वा देने को
घर-भर में वही मिला,
ऐसे वह कैसे स्कूल जायेगा?
टोपी का लाइसेंस देती है परम्परा?
दीदी कहती है—"क्या? परम्परा?
परम्परा ख़ुद ही तो टोपी है।
बड़े मज़े में इसको सिर धारो
जब धूप हो,
वरना इसमें खाओ खाजा,
चटपट भाजा—
कोई नहीं आयेगा रोकने को।"

छूटना

धीरे-धीरे जगहें छूट रही हैं,
बढ़ना सिमट आना है वापस—अपने भीतर!
पौधा पत्ती-पत्ती फैलता
                    बच जाता है बीज-भर,
और अचरज में फैली आँखें
                    बचती हैं बस बूँद-भर!
छूट रही है पकड़ से
                    अभिव्यक्ति भी धीरे-धीरे!
किसी कालका मेल-से धड़धड़ाकर
सामने से जाते हैं शब्द निकल!
                    एक पैर हवा में उठाये,
                              गठरी ताने
                              बिल्कुल अवाक् खड़े रहते हैं
                                गन्ताव्य!

आधी दुनिया

प्रथम स्राव

किसी जड़ी-बूटी की पुड़िया थे
वे दिन।
कुछ तुम्हारी जेब में होंगे;
कुछ मेरे कोट में पड़े हैं
अब तक।
जंगल की गन्ध अभी उनमें है।
बीते हुए मौसम निश्चिन्त नहीं बैठते—
ख़रगोशों की तरह
माँद खोदते रहते हैं
हमारे भीतर!
उस माँद में झाँककर देखूँ तो
दीखती है एक कोई लड़की
कुण्डलिनी-सी जगी बैठी
पलँग पर!
उसकी सफ़ेद फ्रॉक
और जाँघिए पर
किस परी माँ ने काढ़ दिये हैं
कत्थई गुलाब रात-भर में?
और कहानी के वे सात बौने
क्यों गुत्थम-गुत्थी
मचा रहे हैं
उसके पेट में?
अनहद-सी बज रही है लड़की
काँपती हुई।
लगातार झंकृत हैं
उसकी जंघाओं में इकतारे!

चक्रों-सी नाच रही है वह
एक महीयसी मुद्रा में
गोद में छुपाए हुए
सृष्टि के प्रथम सूर्य-सा
लाल-लाल तकिया!
किसी किंवदन्ती-सी
जाड़े की धूप
हिला रही है उसके कानों के बुन्दे।
जागरण का पहला प्रहर है यह!
किसी जड़ी-बूटी की पुड़िया-से
धीरे-धीरे खुल रहे हैं
कैसे रहस्य अनूठे!
"पुलिस-पुलिस" खेल रहा है भैया–
सोचती है लड़की–
उससे अलग हूँ मैं कैसे!

विसंगति

एक दिन मैंने
दो लड़कियों को
हँसते हुए देखा!
        मारे हँसी के मरी जा रही थीं दोनों!
        उस उमर के दो लड़के होते
        तो आराम से कोई कहता—
        "उनकी तो मसें भी नहीं भीगी थीं!"

मगर वे तो लड़कियाँ थीं
और लड़कियाँ चाहे जितनी छोटी हों—
भीगने से उनको बचाया जा सकता नहीं।
भीगी हुई ही पैदा होती हैं वे तो—
(भीगी बिल्लियाँ नहीं, उस अर्थ में भीगी
जिस अर्थ में भीगती है पत्ती बारिश में,
        या भीगता है दूध से कलेजा)
ख़ूब महीन ऊन से
        घर में ही बुने गये उनके स्वेटर के नीचे
        दो छोटे-छोटे कबूतर
        (पैरों में मुँह गाड़े)
गुटरू-गूँ आपस में बतिया रहे थे—धीरे-धीरे!
        सभा बहुत गम्भीर थी!
        भाषण पर भाषण धुआँधार
        ऐसे चल रहे थे कि जैसे
        चलती है तलवार—झनन-झनन, खट-खट-खट!
श्रोतागण दत्तचित्त सुन रहे थे
और साथ-साथ रहे थे सोच—

"घर में क्या बना होगा खाने को।...
क्या जाने क्या डबलू का रिजल्ट हुआ।...
शेयर मार्केट का भरोसा नहीं अब तो...!
साले की शादी में देना क्या होगा!"
सबके थे छींटदार/अलहदा विचार
मामूली चीज़ों के बारे में भी।
अचानक ही हाथ मेज़ पर पीटकर
कोई वक्ता ऐसे बोलने लगा जोश में
कि उसकी लम्बी-सी टीक लगी हिलने—
दोगुन, फिर चौगुन, फिर अठगुन में।
...इस पर ही उनकी हँसी फूटी ऐसे
जैसे कि फूटता है निर्बाध सोता धरती से!
हँसी रोकने को वे पढ़ने लगीं 'हनुमान चालीसा',
करने लगीं याद—अब तक की इस ज़िन्दगी के
सारे ही कारुणिक प्रसंग कि
"बाबा कैसे कष्ट से सिधारे,
चाचा ने उस दिन कितना मारा,
नम्बर भी इतने नहीं आये इस बार
कि शॉर्ट-हैण्ड में प्रवेश मिले,
चमड़ी कितनी रूखी लगने लगी है,
बाल भी अब उतने नहीं चमकते..."
सारी छोटी-मोटी त्रासदियाँ
ख़ूब ध्यान से वे जगाने लगीं
अपनी स्मृति में,
कि एक बार ज़ोर से करेंट लगे
और हँसी का फ्यूज़ उड़ जाये!
इन टोटमों ने काम भी किया,
पर मिनटों में ही हो गये बेअसर!
हँसी रोकते-रोकते
जब उनकी घुटने लगीं साँसें—
वे सभा से भागीं
कहती हुईं—
"इससे तो अच्छा था, देख आते सरकस,
घूम आते चिड़ियाघर।"

कोहबर

यहाँ दूल्हा दुल्हन को
देखता है पहली दफ़ा :
तेल-सिन्दूर और काजल-पसीना,
सोना-चाँदी-लोहा-गोटा-नगीना,
नींद, भूख-प्यास और अपरिचय के बीच!

घर का सबसे छोटा कमरा–
गोबर-हल्दी से पुता–
पउती और बक्सों, ठहाकों और शिकवों से ठुँसा हुआ–
गेंदे की बासी मालाओं की
अजब गन्ध से अकबकाकर
कहता है–

"कैसी ज़िम्मेदारी दुनिया ने
लाद दी है मेरे सिर पर!
कैसे मैं बन जाऊँ पंचवटी/
मिलन-कुंज या जमुनाजी का किनारा?
खर्चे-बर्चे का हिसाब अभी बाक़ी है,
बाक़ी है हलवाई और टेंट हाउस की रुखसती!
अंट-शंट सूझ रही है सबको,
मरने की फुर्सत भी मुझे नहीं!"

हितोपदेश

अस्ति जाह्नवीतीरे पाटलिपुत्रनाम्नी एकःनगरी।
वहाँ की थी एक राजकुमारी
जैसी कि हर घर में होती है
जहाँ 'राज' के नाम पर एक आँगन, एक फुलवारी,
कुछ बर्तन, एक पिंजड़ा, कुछ पालतू दुख,
कुछ खुदरा सुख,
तीन-चार बीघा हँसी-गीत-परिहास,
एक कुएँ-सा गहरा संकट होता है—
बरहम बाबा वाले पीपल के आश्रय!
राजकुमारी ससुराल गयी
सोलह वसन्त,
बारहवीं कक्षा का भवजाल,
तीन नदी-नाले-पहाड़ पार करके!
रोज़ सुबह तुलसी पर जल डालकर
वह वहाँ करती थी प्रार्थना कि हो जाये, हो जाये, हो जाये
क़िस्सों में पढ़ा हुआ, फ़िल्मों में देखा,
गीतों में सुना हुआ प्रेम घटित,
जुट जाये, जुट जाये, जुट जाये कलेजे में ज़ोर
प्यार करने का
आदमक़द परमेश्वर से
हर बात पर ही जो
पीटता है इतना।
'प्रियतम' की पहली छड़ी पर तो अदृश्य टहनी से
एक नाशपाती गिरती थी और चकितप्राण उस राजकुमारी के
सूखते गले में अटकती थी!
ऐसे ही आता है शायद कलेजा मुँह को—

एक दिन उसने सोचा था!
और उसके ख़ून में जैसे घबड़ाकर दौड़ गयी थी—इधर से उधर तक—
पद्मावती नामक एक छोटी गिलहरी।
तब अजामिल नामधारी एक बारहसिंगा
झाड़ियों में उलझ गयी सींगें छुड़ाता हुआ बोला था—
"हे कन्या, कलपने की प्रक्रिया
थर्राये ख़ून की तलैया में
एक घबड़ायी गिलहरी के
छप्प कूद जाने की प्रक्रिया-भर होती
तब तो कलपने का ख़ास कोई मतलब नहीं था,
लेकिन कलपना है शुभ चिह्न, सुलक्षणे, सुभगे—
उतना ही शुभ जितनी मितली आसन्नप्रसवा की!"
साँस खींचकर उसने आगे कहा था—
"पानी की सातवीं, अन्तिम सन्तान आग है, लड़की,
अग्निगर्भ होती है बर्फ़ और अग्निबीज होते हैं आँसू भी!
क्या उतरेगा दूध छाती में उसके
जिसकी नसों में शिलाएँ नहीं टूटीं?
जिसने कलपने की प्रक्रिया में
रोम-रोम के चटकने-दरकने का साक्ष्य नहीं गहा,
उसके भीतर से निर्झरिणी कैसे फूटेगी?
सृष्टि की पहली-पहली धूप उसकी
आँखों से झाँकेगी कैसे
जिसने गहन काल-रात्रि-सी यह ज़िन्दगी
मनोयोग से नहीं जी,
और काल के स्तनाकार मधुच्छत्र से/कुछ बूँदें/
होंठ गोल करके नहीं पीं?"
ऐसा हितोपदेश सुनकर राजकुमारी की हँसी ऐसे छूटी थी
जैसे कि छूटता है तीर लक्ष्यवेधी,
बड़े छोह से उसने अजामिल की सींगें छुड़ायी थीं
और त्वचा से उसकी काँटे निकालती
धीरे-धीरे उसको देने लगी थी थपकी!

पत्नी

मैंने गोद ले रखी हैं
वे सारी स्त्रियाँ जो तुम्हें जानती थीं
और वे सारे बच्चे
जिनके लिए तुमने कभी
लेमनचूसें ख़रीदी होंगी,
और मेरी गोद का आयतन
लगातार बढ़ रहा है।
एक दिन पुच्छल तारे की बेचैनी से
सिर धुनकर
वृहस्पति से टकराने के पहले
मैंने सोचा–
"मेरे पीछे मेरे इतने बड़े कुनबे का
आख़िर क्या होगा?"
यह सोचकर मैंने टक्कर स्थगित की,
और मन बदलने की ख़ातिर
घर की छोटी-मोटी चीज़ों के बारे में
सोचने लगी–
कैसा मेरा रेडियो है–
पीकिंग लगाओ तो लग जाता है
सीधा मंगोलिया।
घड़ी सुस्त है मेरी!
और मेरे यन्त्रजगत् का
ज़ोरदार नर्त्तक, यह पंखा–
एक पोज पर
ठहरा है
जाने कब से!

पर मुझे अच्छा लगता है
यह सोचकर
कि इस चल जगत में
कुछ तो है
जो ठहरा हुआ है
सम भाव से!

कुटुम्ब

आग उन्हें ओट दिये थी
और वे सोच रहे थे कुछ-कुछ–बिना बोले।
उनके चेहरे आधे गरम थे, आधे ठण्डे।
जो आग की ओर था–
देह का हर वह हिस्सा सुसुम था,
बाक़ी ठण्डा।
वे शायद हल्के तनाव में थे।
स्त्री मटर छील रही थी।
छीमियों में बन्द
वे कई-कई
हरे-भरे, गोल-मोल भूलोक
स्त्री की मगन उँगलियों से
गुज़रकर
गुटुर-गुटुर नाचते हुए
टपकने लगे थे
खुली हुई छितनी में।
मोती नहीं थे, मटर थे
और उनमें बची हुई थी
उम्मीदों की
हरिआइन कचास
जिसे पुरुष
कचर रहा था
खामख़याली में बैठे-बैठे।
अचानक ही दरवाज़े पर एक 'खट्'-सी हुई,
और एक भगदड़ मची।
चीज़ें लगीं टूटने-फूटने।

सीढ़ियाँ उतरने और चढ़ने लगा गुस्सा।
और एक साथ ही शुरू हो गये रोने धोने,
डँटने-पिटने, हँसने-लोटने
के अनन्त सिलसिले।

घर लौट आये थे बच्चे–
ऊदबिलाव से रेस हारकर।
बोरसी में जो आग बुझने ही वाली थी,
गर्दन उचकाती हुई
चूल्हे से झाँकने लगी–
हमेशा की तरह चकित।

चौका

वह रोटी बेलती है जैसे पृथ्वी।
ज्वालामुखी बेलते हैं पहाड़।
भूचाल बेलते हैं घर।
सन्नाटे शब्द बेलते हैं, भाटे समुन्दर।
रोज़ सुबह सूरज में
एक नया उचकुन लगाकर,
एक नयी धाह फेंककर
वह रोटी बेलती है जैसे पृथ्वी।
पृथ्वी–जो खुद एक लोई है–
सूरज के हाथों में–
रख दी गयी है
पूरी-की-पूरी ही सामने
कि लो, इसे बेलो, पकाओ,
जैसे मधुमक्खियाँ अपने पंखों की छाँह में
पकाती हैं शहद।
सारा शहर चुप है,
धलु चुके हैं सारे चौकों के बर्तन।
बुझ चुकी है आख़िरी चूल्हे की राख भी,
और वह
अपने ही वजूद की आँच के आगे
औचक हड़बड़ी में
खुद को ही सानती,
खुद को ही गूँधती हुई बार-बार
खुश है कि रोटी बेलती है जैसे पृथ्वी।

पीठ

पीठ मेरी ज़रूर है,
पर मुझसे ज़्यादा उसे जानता है—
नल पर टँगी
        मेरी उतरन की साड़ी का
भीगा हुआ छोर
        जो साँप की तरह
        आड़ा-तिरछा होकर
        करता है पीठ को दुलार,
        बन जाता है उसका तौलिया
और रगड़कर पोंछ देता है उसकी
                        नमकीन धूल!
यह धूल आती है कहाँ से
                        मेरी पीठ पर?
दुनिया में क्यों है
                        इतनी सारी धूल?
कोई भी खोलो किताब—
                        छू जाता है उँगलियों से
                        धूल का रहस्य।
क्या कभी विचारों से उठती है धूल?
धूल पीठ की, वैसे, शायद
उन बोरियों, झोले-झण्डों, नाते-रिश्तों का
                        होती होगी हस्ताक्षर—
जो चाहे-अनचाहे हम ढोते हैं पीठ पर!
        लदे हुए वक़्त से
                        उतर आती है
        सीज़र की पीठ

हमारी पीठ पर
जब पहली बार चौंककर
कहते हैं हम–
"तुम भी, ब्रूटस?"
पर धरती को देखो तो–
फलों से, छुहारों से, फूलों से सजी हुई
छठ का अरघ दीखती है यह–
निश्चिन्त टिकी हुई कछुए की पीठ पर!

औकात

बात उड़ती-उड़ती जा बैठी
औकात पर!
वह एक पहाड़ था
जिसके शीर्ष पर पहुँचने को
शेरपा और तेन्जिग
बने बैठे थे—लोग-बाग!
कैसा लगता है
शीर्ष से दुनिया देखना, कैलाशपति?
और जो तीनों आँखें
मूँद बैठना हो तो
कैलाश क्यों, कंचनजंघा क्यों नहीं
और क्यों नहीं गुसलखाना
जिसकी दीवारें पहचानती हैं
छोटी रो छोटी
खरोंच की पपड़ी का रंग
और सारी गुम चोटों का चेहरा?
मेरी दरकी बाल्टी से
रोज़ फूटने वाली धार
गंगा से कम पवित्र कैसे?
प्रियजनों की
विरक्त छुअन से
ज़्यादा अपना-सा स्पर्श
है नहीं क्या—
साबुन की इस सस्ती टिकिया का?

अनुवाद

लोग दूर जा रहे हैं–
(हर कोई हर किसी से दूर)–
लोग दूर जा रहे हैं
और बढ़ रहा है
मेरे आस-पास का 'स्पेस'!

इस 'स्पेस' का अनुवाद
'विस्तार' नहीं, 'अन्तरिक्ष' करूँगी मैं,
क्योंकि इसमें मैंने
उड़नतश्तरी छोड़ रखी है।

समय का धन्यवाद
कि मेरी घड़ी बन्द है,
धन्यवाद खिड़की का
कि ऐन उसके सीखचों के पीछे
गर्भवती है चिड़िया!
जो भी जहाँ है—सबका धन्यवाद
कि इस समय मुझमें सब हैं,
सबमें मैं हूँ थोड़ी-थोड़ी!

भाँय-भाँय बजाता है हारमोनियम
मेरा ख़ाली घर!
इस 'ख़ाली' समय में
बहुत काम हैं।

अभी मुझे घर की उतरनों का
अनुवाद करना होगा
जल की भाषा में,
फिर जूठी प्लेटों का
किसी श्वेत पुष्प की पंखुड़ियों में

अनुवाद करूँगी मैं।
फिर थोड़ी देर खड़ी सोचूँगी
कि एक झाग-भरे सिंक का
क्या मैं कभी कर सकूँगी
किसी राग में अनुवाद?

दरअसल इस पूरे घर का
किसी दूसरी भाषा में
अनुवाद चाहती हूँ मैं,
पर वह भाषा मुझे मिलेगी कहाँ
सिवा उस भाषा के
जो मेरे बच्चे बोलते हैं?

इसमें ही हो जायेगी शाम,
और इस शाम का अनुवाद
इतना ही करूँगी कि उठूँगी–
खोल दूँगी पर्दे!
अन्तिम उजास की छिटकी हुई किर्चियाँ
पल-भर में भर देंगी
सारा-का-सारा स्पेस
और फिर उसका अनुवाद
'अन्तरिक्ष' नहीं, 'विस्तार' करूँगी मैं–
केवल विस्तार!

दरवाज़ा

मैं एक दरवाज़ा थी,
मुझे जितना पीटा गया,
मैं उतना खुलती गयी।
अन्दर आये आने वाले तो देखा–
चल रहा है एक वृहत्चक्र–
चक्की रुकती है तो चरखा चलता है,
चरखा रुकता है तो चलती है कैंची-सूई,
गरज यह कि चलता ही रहता है
अनवरत कुछ-कुछ!
...और अन्त में सब पर चल जाती है झाड़ू–
तारे बुहारती हुई,
बुहारती हुई पहाड़, वृक्ष, पत्थर–
सृष्टि के सब टूटे-बिखरे कतरे जो
एक टोकरी में जमा करती जाती है
मन में, कहीं भीतर!

चिट्ठी लिखती हुई औरत

औरतों के बारे में
माना जाता है
कि वे
चिट्ठियाँ लिखती हैं
धारावाहिक!
इतना उनके भीतर क्या है—
शताब्दियों का संचित—
कि टीक राकस की
पड़ जाती है
उनकी बातों में,
द्रौपदी की साड़ी हो जाती हैं
बातें उनकी?
चिट्ठी लिखती हुई औरत
पी. सी. सरकार का जादू है।
औरत को मिला है ये वरदान—
कि वह कहीं भी बैठी-बैठी
हो सकती है अन्तर्धान।
बस में या प्लेटफॉर्म की उकड़ूँ बेंच पर
ऊँघते-उचकते
अचानक सिहरकर
वह मार सकती है पालथी
और सर्कुलर/ठोंगा/पोस्टर पलटकर
लिख सकती है कुछ भी, मसलन
कि "बहुत याद आती है, आओ।
पता नहीं कौन
एक छोटी-सी बच्ची है

जो आजकल मेरे दिन बेल देती है
इतने बड़े और बेडौल
कि वे अँटते ही नहीं तवे में
        और किनारों के नीचे लपककर
        झट चूम लेते हैं
                ओठ आग के।
...रात के कलेजे में
        बजता है सन्नाटा
और एक थर्राहट बजती है—
गिरे हुए पत्तों और खुले हुए पन्नों की...
तेलिया मसान समय कहता है
                        'घूम ताक'—
तुमको सुनायी नहीं देता, पागल? देखो न—
                        घूमकर!"
औरतों को डर नहीं लगता
        कुछ भी कह जाने में,
उनको नहीं होती शर्मिन्दगी
                        मानने में
                कि उनमें
                        पानी है, मिट्टी भी।
पानी और मिट्टी : इन दोनों में से
                        किसी का
कोई ओर-छोर नहीं होता।
        दोनों खुद धारावाहिक चिट्ठियाँ ही हैं
                        ईश्वर की—
हम सबके नाम!

जुँएँ

किसी सोचते हुए आदमी की
आँखों-सा नम और सुन्दर था दिन।
पण्डुक बहुत खुश थे
उनके पंखों के रोएँ
उतरते हुए जाड़े की
हल्की-सी सिहरन में
                    उत्फुल्ल थे।
सड़क पर निकल आये थे खटोले।
पिटे हुए दो बच्चे
गले-गले मिल सोये थे एक पर—
दोनों के गाल पर ढलक आये थे
एक-दूसरे के आँसू।
                    "औरतें इतना काटती क्यों हैं?"
          कूड़े के कैलाश के पार
                    गुड्डी चिपकाती हुई लड़की से
          मंझा लगाते हुए लड़के ने पूछा—
"जब देखो—काट-कूट, छील-छाल, झाड़-झूड़—
गोभी पर, कपड़ों पर, दीवार पर
किसका उतारती हैं गुस्सा?
          हम घर के आगे हैं कूड़ा—
          फेंकी हुई चीज़ें भी
          ख़ूब फोड़ देती हैं भाण्डा
          घर की असल हैसियत का!"
लड़की ने कुछ जवाब देने की
                    ज़रूरत नहीं समझी

और झट से दौड़कर
बैठ गयी उधर
जहाँ जुँएँ चुन रही थीं सखियाँ
एक-दूसरे के छितराए हुए केशों से–
नारियल का तेल चपचपाकर–
दरअसल
जो चुनी जा रही थीं–
सिर्फ़ जुँएँ नहीं थीं–
घर के वे सारे खटराग थे
जिनसे भन्नाया पड़ा था उनका माथा।
क्या जाने कितनी
शताब्दियों से
चल रहा है यह सिलसिला
और एक आदि स्त्री
दूसरी उतनी ही
पुरातन सखी के
छितराए हुए केशों से
चुन रही है जुँएँ,
सितारे और चमकुल!!

भिन्न

मुझे भिन्न कहते हैं–
किसी पाँचवीं कक्षा के क्रुद्ध बालक की
गणित-पुस्तिका में मिलूँगी–
एक पाँव पर खड़ी–डगमग!
मैं पूर्ण इकाई नहीं–
मेरा अधोभाग
मेरे माथे से जब भारी पड़ता है–
लोग मुझे मानते हैं ठीक-ठाक,
अँगरेज़ी में 'प्रॉपर फ्रैक्शन'!
अगर कहीं गलती से
मेरा माथा
मेरे अधोभाग से भारी पड़ जाता है–
लोगों के गले यह नहीं उतरता
और मेरे माथे पर बट्टा लग जाता है–
'इम्प्रॉपर फ्रैंक्शन' का!
क्या माथा अधोभाग से भारी होना
इतना अनुचित है–मेरे मालिक, मेरे आका?
क्या इससे मेरी बढ़ जाती है दुरूहता?
कितने बरस अभी और रहेंगे आप
इसी पाँचवीं कक्षा के बालक की मनोदशा में–
लगातार मुझे काटते-छाँटते,
गोदी में मेरी
नन्ही इकाइयाँ बिठाकर
वही लँगड़ी भिन्न बनाते–
तीन होल नम्बर, फलाँ बटा फलाँ?
कब तक बँटना, कब तक छँटना–
देखिए मुझे अपने अन्तिम दशमलव तक
–फिर कहिए, क्या मैं बहुत भिन्न हूँ आपसे?

एक औरत का पहला राजकीय प्रवास

वह होटल के कमरे में दाखिल हुई!
अपने अकेलेपन से उसने
          बड़ी गर्मजोशी के साथ हाथ मिलाया!
कमरे में अँधेरा था।
घुप्प अँधेरा था कुएँ का
उसके भीतर भी!
          सारी दीवारें टटोलीं अँधेरे में,
          लेकिन 'स्विच' कहीं नहीं था!
          पूरा खुला था दरवाज़ा,
          बरामदे की रोशनी से ही काम चल रहा था!
          सामने से गुज़रा जो 'बेयरा' तो
          आर्त्तभाव से उसे देखा!
          उसने उलझन समझी, और
          बाहर खड़े-ही-खड़े
          दरवाज़ा बन्द कर दिया!
जैसे ही दरवाज़ा बन्द हुआ,
बल्बों में रोशनी के खिल गये सहस्रदल कमल!
"भला बन्द होने से रोशनी का क्या है रिश्ता?"
उसने सोचा।
डनलप पर लेटी,
चटाई चुभी घर की
          अन्दर कहीं—रीढ़ के भीतर!
तो क्या एक राजकुमारी ही होती है हर औरत?
सात गलीचों के भीतर भी
उसको चुभ जाता है

कोई मटरदाना आदिम स्मृतियों का?

पढ़ने को बहुत-कुछ धरा था,
पर उसने बाँची टेलीफ़ोन तालिका
और जानना चाहा
अन्तर्राष्ट्रीय दूरभाष का
ठीक-ठाक ख़र्चा।

फिर अपनी सब डॉलरें ख़र्च करके
उसने किये तीन अलग-अलग कॉल!

सबसे पहले अपने बच्चे से कहा—
"हलो-हलो, बेटे—

पैकिंग के वक़्त...सूटकेस में ही तुम ऊँघ गये थे कैसे...
सबसे ज़्यादा याद आ रही है तुम्हारी—

तुम हो मेरे सबसे प्यारे!"

अन्तिम दोनों पंक्तियाँ अलग-अलग उसने कहीं
ऑफ़िस में खिन्न बैठ अंट-शंट सोचते अपने प्रिय से,
फिर चौके में चिन्तित, बर्तन खटकाती अपनी माँ से!

...अब उसकी हुई गिरफ़्तारी।
पेशी हुई ख़ुदा के सामने
कि इसी एक ज़ुबाँ से उसने
तीन-तीन लोगों से कैसे यह कहा—

"सबसे ज़्यादा तुम हो प्यारे!" यह तो सरासर है धोखा—

सबसे ज़्यादा माने सबसे ज़्यादा!

लेकिन ख़ुदा ने कलम रख दी,

और कहा—"औरत है, उसने यह गलत नहीं कहा!"

अयाचित

मेरे भण्डार में
एक बोरा 'अगला जनम',
'पिछला जनम' सात कार्टन
रख गयी थी मेरी माँ।
चूहे बहुत चटोर थे,
घुनों को पता ही नहीं था
कुनबा सीमित रखने का नुस्खा
...सो सबने मिल-बाँटकर
मेरे भविष्य तीन चौथाई
और अतीत आधा
मज़े से हजम कर लिया।
बाक़ी जो बचा,
उसे बीन-फटककर मैंने
सब उधार चुकता किया,
हारी-बीमारी निकाली
लेन-देन निबटा दिया।
अब मेरे पास भला क्या है?
अगर तुम्हें ऐसा लगता है
कुछ है जो मेरी इन हड्डियों में है अब तक
मसलन कि आग,
तो आओ,
अपनी लुकाठी सुलगाओ।

रिश्ता

वह बिल्कुल अनजान थी!
मेरा उससे रिश्ता बस इतना था
कि हम एक पंसारी के गाहक थे
नये मुहल्ले में!
वह मेरे पहले से बैठी थी–
टॉफी के मर्तबान से टिककर
स्टूल के राजसिंहासन पर!
मुझसे भी ज़्यादा
थकी दीखती थी वह
फिर भी वह हँसी!
उस हँसी का न तर्क था,
न व्याकरण,
न सूत्र,
न अभिप्राय!
वह ब्रह्म की हँसी थी।
उसने फिर हाथ भी बढ़ाया,
और मेरी शॉल का सिरा उठाकर
उसके सूत किये सीधे
जो बस की किसी कील से लगकर
भृकुटि की तरह सिकुड़ गये थे।
पल भर को लगा–उसके उन झुके कन्धों से
मेरे भन्नाये हुए सिर का
बेहद पुराना है बहनापा।

स्नान

धीरे-धीरे
मेरे कन्धे से
उतर रहा है मेरा घर,
धीरे-धीरे मेरी उतर रही है चमड़ी!
मेरे ये कपड़े
मेरे सामने
घुटनों के बल बैठे–
कह रहे हैं कि अब बहुत हुआ–
"आओ, सब भूलकर नहाओ,
धुल जायेगी सारी मिट्टी।
फिर जो बचेगा–
उसको–
न घर की ज़रूरत होगी,
न ही चमड़ी की।"

आदिप्रश्न

भवजाल होते हैं बाल औरतों के,
सदियों पहले उनको बाँधा गया था–
चन्द्रमा के आकार के क्लिप से!
तारों से जड़ी हुई कंघी से
झाड़ दिया जाता था उनको
जब वे उलझते थे!
न उनको खुलने की आज़ादी थी,
न उलझने की–
फिर भी वे खुलते-उलझते थे!
एक बार सृष्टि के पहले पहर में
घुँघराले बालों का भवजाल लेकर
जो खड़ी थीं छिन्नमस्ता–
आदिशिशु ने आदिमाता से प्रश्न किया–
"माँ, तेरे सिर पर जो घूँघर हैं–
वे तो लम्बे-लम्बे प्रश्नचिह्न लगते हैं–
क्या इनसे जूझी है तू भी?"
कहकर वह
माँ के घुँघराले भवजाल में छुप गया,
प्रश्नों की अनगिन लटों से
छवा गया उसका माथा!
लेकिन उन प्रश्नों में छाया थी
माँ के लटों की,
स्तन्य गन्ध से धुले थे वे,
व्यथित नहीं करते थे,
थे तो बस थे!
अब प्रश्न अपने हैं,

खुद अपने सिर पर उगे हैं!
(सिर पर जितने बाल,
उससे कुछ ज़्यादा सवाल!)
एक उत्तरातीत मुद्रा में
ठहर गया है जीवन!
हमें कहीं जाना है, लेकिन कहाँ?
करना है कुछ तो, पर क्या?
'क्यों', 'कैसे', 'कब तक'—
'कब तक'—
'तक-बक',
'बकझक'
कब तक
कब तक!!

सवेरा

मीरा, महादेवी–
        मुझसे तो पूजा नहीं सधती!
ध्यान क्या करूँगी मैं–
        झाड़ू फिराती हूँ
        और ब्रह्मरन्ध्र की छितनिया में
        दिन-भर की घटनाओं का कूड़ा
        अगरधत्त भाव से उठाती हूँ!
पूजा नहीं सधती,
        धोने लगती हूँ मैं
        मन-ही-मन चीथड़े,
        और पाँव से सिर तक
                हो जाती हूँ फेनमफेन!
        तादात्म्य क्या होता है, बहिनाबाई?
        कैसे बजाते हैं तुम्हारे कन्हाई
                बंसी चैन की?
डमरू-सा बजता है
मेरे मगज में–डमर-डम-डम!
क्या जाने वह नाच बन्दर का है
                या महाकाल का
        जिसकी कि यह भूमिका है!
किस चिड़िया का नाम है शान्ति,
कैसे कहूँ–मैं नहीं जानती!
गाती तो है शायद ये ही पुहू-पुक
मेरे बायें फेफड़े में!
क्या इसका मतलब निकालूँ अब?
फूटने लगी है क्यों रक्त-वाहिनियों से अजब लालिमा-सी?
होगा सवेरा क्या जल्दी ही?

सेफ्टी पिन

श्रीमती सावित्री पाठक की
लाल काँच की चूड़ियों से
पेण्डुलम की तरह लटका
लगातार डोलता ही रहता था
एक जंगाया-सा सेफ्टी पिन!
इमर्जेन्सी वॉर्ड में
डॉक्टर की जो हैसियत होती है—
सावित्री पाठक के हौड़ाए वस्तु-जगत् में
इस सेफ्टी पिन की वही हैसियत थी!
क्या जाने कितनी आपात्‌कालीन स्थितियाँ
उसने सँभाली थीं एकदम अकेले!
सात-पाँच पर आनी है
बच्चे की बस—
अन्त समय में दीखा—
टूटी है पैण्ट की बकल-सेफ्टी पिन हाज़िर!
जहाँ कहीं कुछ टूटा,
जहाँ कहीं कुछ छूटा—
स्टील की एक छोटी पुलिया-सा
तन जाता था बीचोबीच कहीं बेचारा—
अच्छे स्वभाव की सब ख़ूबी-ख़ामियों के साथ!
सब्ज़ी की डलिया लटकाकर
शरमाती हुई जब निकलती थीं
श्रीमती पाठक सड़क पर—
आँचल और ब्लाउज के बीच भी—
दृढ़चरित्र—रहता था टँका हुआ
उनका दुलरुआ!

मण्डी में
आलू से कहती थी गोभी–
"इस औरत का नाम क्या है?
कोई कभी साथ इसके नहीं दीखता है!"
"अटल, मगर लुका-छुपा–
एक साथ है इसका"–
आलू धीरे से कहता था–
"शाम-सुबह और रात-दिन
क्या जाने कौन एक
ख़ूब विशाल-सा सेफ्टी पिन
एक साथ नत्थी किये रखता है इसकी
यह दुनिया, वह दुनिया,
धरती और आसमाँ!
तकलीफ़ें-उम्मीदें,
आस्थाएँ और बग़ावतें
इसी बड़े-से सेफ्टी पिन में गुँथी हुई
झूलती हैं इसके इजारबन्द से धीरे-धीरे–
देती हुई दस्तक–
इसकी बहुत गहरी
और भँवर-सी अतल नाभि पर!"

पहली पेंशन

श्रीमती कार्लेकर
अपनी पहली पेंशन लेकर
जब घर लौटीं–
        सारी निलम्बित इच्छाएँ
        अपना दावा पेश करने लगीं!
जहाँ जो भी टोकरी उठायी–
उसके नीचे छोटी चुहियों-सी
दबी पड़ी दीख गयीं कितनी इच्छाएँ!
                श्रीमती कार्लेकर उलझन में पड़ीं!
                क्या-क्या ख़रीदें,
                किससे कैसे निबटें!!
        सूझा नहीं कुछ तो झाड़न उठायी–
        झाड़ आयीं सब टोकरियाँ बाहर,
        चूहेदानी में इच्छाएँ फँसायीं
                (हुलुर-मुलुर सारी इच्छाएँ),
        और कहा कार्लेकर साहब से–
        "चलो ज़रा, गंगा नहा आयें!"

दादी

पूजाघर था—
दादी का कोपभवन,
बैंक, डाकघर,
गुड़ियाघर, मंच और दफ़्तर!
अपना कोना—एक बूँद-भर!
काउन्सेलिंग सेल! रॉयल चैम्बर।
पूजाघर, गुड़ियाघर, पूजाघर!
दादी वहीं खेलती थी—
अपने पुराने सपनों से!
जिस मनोयोग से वह जाती थी न रोज़ सुबह
पूजा के फूल तोड़ने—
उससे ज़ाहिर था कि बाक़ी सारा दिन
वह बीनती होगी काँटे।
माली अक्सर खदेड़ देता था उसको
और अपनी डलिया सँभालती हुई
चलती थी वह ऐसे—
उसकी गर्दन पर थोड़ा-थोड़ा हिलता था
बूँट बराबर उसका
झक्क सफ़ेद-सा जूड़ा
जिससे उसे होती थी झुरझुरी मादक स्पर्श की!
प्यारी-सी ख़म थी
दादी की चाल में।

पाँवों का क्या है–
पड़ते ही रहते हैं इधर-उधर।
अच्छे होते हैं वे पाँव
जो इधर-उधर पड़ते हैं
और ज़िन्दगी को नहीं मानते
एक बीहड़ कवायद।

पचास बरस

वह न पद्मावती थी, न हेलेन, न क्लियोपैट्रा!
नहरें खिंच आयी थीं उसकी आँखों के नीचे,
क्या जाने कौन खेत थे जो उन्हें सींचने थे!
मीरा के घुँघरू ही थे शायद
जो रह-रहकर उसकी खाँसी में
ठन से ठनक जाते थे!
अक्का महादेवी के एकतारे-सी तनी हुई
झनन-झनन बजती थी पीठ!
चन्द्रमा की बुढ़िया का चरखा
कात रहा था उसके बालों में
सूत चाँदनी के!
एक बड़ा हुक़्क़ा थी उसकी ढलावदार छाती!
इधर गदर ज़्यादा ही मचती रही थी
उसकी सीमाओं पर,
और उसका पुलिस-तत्त्व परेशान था
कि क्या-क्या करे और कैसे!
किसी हिरण्यकश्यपु की तरह
बीच से चिरी थीं उसकी शामें!
भूकम्प में चटकी धरती थे उसके तलवे!
आलने पर टाँगकर
उम्र के पचास बरस
उसने देखा आईना।
उसे पता था–
अब नहीं ठिठकेंगे जहाज़ों के दस्ते
यह चेहरा देखकर!
फिर भी वह हँसी,

कि हँसने का माकूल समय
तभी होता है
जब धीरे-धीरे उतर जाते हैं
चेहरों से चेहरे
और डूबते सूर्य की
निष्ताप तम्बई कान्ति में
अनजाने लगते हैं चिरपरिचित,
चिरपरिचित लगते हैं अनजाने!
हँसकर उसने अपनी
परछाइयाँ समेटीं
और चटाई पर देर तलक सोयी
दीवार से सटकर।
इतना तो वह जानती थी—
ठण्डी से ठण्डी
और सपाट से सपाट दीवार
ठीक-ठाक ही
निभा देती है दोस्ती!
और दर्ज कर लेती है धीरे-धीरे
मन्द्र कँपकँपाहट
आपकी नसों से गुज़रती हुई ट्रेन की।
रात-भर देती है दीवार
जगी हुई आँखों को ओट।
कभी-कभी नीमरोशनी में
देखा है उसने—
दीवार का हर चकत्ता
बन जाता है कैसे जादू से
माँ का चेहरा।
दीवारों के कान होते हैं तो क्या?
उन कानों में वह भरेगी
तरह-तरह के क़िस्से :
भूतों के, परियों के।
वह भी नहीं तो वह बैठेगी—
खुद अपने साथ।
स्वास्थ्य-बोर्ड की यही सिफ़ारिश है।

दस-आठ हफ़्तों पर दौड़ जाइए सबसे दूर।
बन जाइए एक काला पहाड़/पेड़
            और पेड़ के नीचे छोटी चटाई।
वह अपने भीतर ही
            पैदा करेगी यह सब कुछ,
और गिरे पत्तों पर लिखेगी
            ख़ुद अपने नाम एक चिट्ठी।
वह भी नहीं तो
            घर बैठे-बैठे ही कभी-कभी
            रात दस बजे बाद
            चाँद का चोंगा उठाकर
            चौथाई खर्चे में कर लेगी
            एक ट्रंककॉल
            अपने वजूद को।
            उससे तो बातचीत
                        कितने दिनों की
            पड़ी है अधूरी।

सार्वजनिक चौका

रिक्शावालों को पुकारते हैं 'रिक्शा',
साधक की साध्य से ऐसी तल्लीन एकात्मता
बिरले ही मिलती है धर्मशास्त्रों में भी!
बहुत सारे रिक्शे
झुण्ड बनाके
जिस पीपल के नीचे सुस्ताते थे—
वहीं बेचती थी
खेसारी के साग की कचरी-घुघनी
रमावती नाइन।
औरत नहीं थी, वह इन्द्रधनुष थी!
लाल नेलपॉलिश, पीली साड़ी,
नीली अंगिया और चूड़ियाँ हरी,
लौंग झक् सफ़ेद और चमकीली हँसुली,
भूरी चमड़ी, टिकुली बैंगनी—
इन्द्रधनुष तक से कुछ ज़्यादा ही रंगीन
थे उसके सपने भी!
व्यस्त वह इतना रहती थी
जितना रहता है मिनिस्टर—दौरे पर—
क्षण में इधर, क्षण में उधर!
सुबह-सुबह तेल और उबटन,
मेहँदी और आलता लगाने वह जाती थी
अपनी विशाल 'कॉस्टिट्यूएन्सी' के हर एक घर में
जहाँ वृद्धाएँ और नयी बहू-बेटियाँ
सारी घरेलू कूटनीतियाँ
अलग-अलग शिविरों में
उससे ही बाँटा करती थीं!

सब पर वह देती थी 'एक्सपर्ट ओपिनियन'–
पर राज़ सबके दफ़न रखती थी अपने सीने में!
अगम कुआँ था पेट रमावती नाइन का–
क़स्बे के सारे रहस्य
रस्सी से छूट गिरे
मटके के टुकड़ों-से
आपस में मिल-जुलकर रहते थे
उसके अँधेरे तल में!

पति एक था उसका, प्रेमी थे पाँच–
बच्चे छह, मुर्गी और बकरियाँ सात,
निन्दक उतने जितने तारे और प्रशंसक भी बहुत सारे!
फिर भी वह एकदम अकेली थी।
हर रिश्ते में, वैसे, बालू थी, मिट्टी थी–
लेकिन उसका मन था इतना ज़िद्दी पौधा
कि कहीं लगता ही नहीं था।
विवादों का चूल्हा
रखती थी जला हुआ वह
एक अजब आग से
जो कभी उसकी
आँख में दमक उठता था 'दप' से
और नसों में तो लगातार
रहता था ज़रा-ज़रा सुलगा-सा।

शाम तलक
उसकी बड़ी परात में
एकाध ही बचती थी कचरी–वह भी ठण्डी और किनारों से टूटी–
उसको ही टूँगती हुई सोचती थी वह–
"इतनी जल्दी आख़िर कैसे थक जाती हूँ?
क्या मेरी भी अब कुछ उमर हुई?
सब तारों से जो अलहदा पड़ा है–
वह चाँद तो लेकिन मुझसे भी बड़ा है,
उससे ही करती हूँ दोस्ती।"
बालू जो उसकी आँखों में थी–
शायद उस तट पर पता जानती थी–
जिस पर वह गले-गले

मिल लेगी/अपने उस असाध्य अनमिल से
कभी एक दिन ऐसे
जैसे कि दुविधा के मारे हुए मन में
मिलते हैं
निश्चय-अनिश्चय!

कूड़ा बीनते बच्चे

अन्तःसत्वा

मेरे भीतर कुछ चल रहा है।
नहीं, षड्यन्त्र नहीं, तन्त्र नहीं, मन्त्र नहीं–
क्या पता क्या, पर कुछ घट रहा है,
जैसे घटती है घटना–कुछ घट रहा है–
नहीं, बढ़ रहा है भीतर-भीतर।
बढ़ रहा है जैसे बढ़ती है नदी
या कि वृक्ष!
नहीं, घर नहीं, दीवार नहीं, छत भी नहीं–
लेकिन कुछ-न-कुछ ढह रहा है मेरे भीतर!
जैसे नयी ईंट की धमक से
मारे ख़ुशी के–
भहर जाता है खँडहर–
देखो, यहाँ, बिल्कुल यहाँ–
नाभि के बीचोबीच–
उठते और गिरते हथौड़ों के नीचे–
लगातार जैसे कुछ ढल रहा है।
जल रहा है–
लोहे के पिण्ड-सा–
थोड़ा-सा ठोस, थोड़ा तरल–
कुछ पल रहा है मेरे भीतर।
मेरे भीतर कुछ चल रहा है।

होमवर्क

"अब मैं थक गया, माँ–
अगला होमवर्क तुम्हीं कर दो!
क्या जाने क्या-क्या
दे देती हैं मैडम–रिक्त स्थानों की पूर्ति करो!"

"रिक्त स्थानों की पूर्ति?
यह कैसे होती है, बेटा?
यह एक ऐसी कला है
जो मैंने कभी नहीं साधी!
जो जगह ख़ाली हुई–
ख़ाली ही छोड़ दी!...
और ठीक से देखा जाये तो
फाँकों-दरारों और डैशों से
भरी हुई है सबकी ज़िन्दगी!"

"ख़ाली जगहों में तो
भूत रहा करता है न, माँ?"

"कभी-कभी वर्तमान भी रहता है–
भूतों की पूरी भयावहता से, बेटू!"

"ख़ाली जगहों में, माँ–
शब्द नहीं भरते–चलो, मोम भरते हैं।"

"आसमान पहले से ही भर गया है
ख़ाली जगहों में!

हम छोड़ दें, बेशक—
आसमान कोई जगह छोड़ता नहीं ख़ाली!”

“आसमान बन जाती हैं ख़ाली जगहें, माँ?”

“ख़ाली जगहों के ही दम से है, बेटे,
इतना विशाल आसमान!
हम सबका ख़ालीपन
धीरे-धीरे
मिट्टी से उठकर
बन जाता है नीला आसमान!”

ङ

चौखटे में नहीं अँटता
बेटे का "क"
कबूतर ही है न–
फुदक जाता है ज़रा-सा!
पंक्ति से उतर जाता है
उसका "ख"
ख़रगोश की खालिस बेचैनी में!
गमले-सा टूटता हुआ उसका "ग"
घड़े-सा लुढ़कता हुआ उसका "घ"–
"ङ" पर आकर थमक जाता है–
उससे नहीं सधता "ङ"।
"ङ" के "ड" को वह समझता है "माँ"
और उसके "0" को कहता है "बेटा",
माँ-बेटे सधते नहीं उससे
और उन्हें साधने की
अनवरत-सी साधना में
उसके आ जाते हैं आँसू।
पहली विफलता पर छलके ये आँसू ही
हैं शायद प्रथमाक्षर
सृष्टि की विकास-कथा का।

ब्लाउज

मेरा ब्लाउज
मेरे बच्चे का
गुल्लक है।
कहीं से भी घूमता-टहलता हुआ
आता है
और बड़े निश्चिन्त भाव से
पोस्ट वहाँ कर जाता है
चकमक पत्थर,
सीपी,
सिगरेट की पन्नियाँ,
खिलौनों के नट-बोल्ट,
सारे अखोर-बखोर।
कभी-कभी मैं ऊबकर
उसे मारने दौड़ती हूँ—
अक्सर तो वह भाग जाता है,
और अगर कभी पिट गया तो
सुकुर-सुकुर रोता-बिसूरता
नाक-आँख
सब रकड़ देता है
ब्लाउज से।
बेचारे ब्लाउज की
नन्ही-सी जान
डरकर चिपक जाती है
मुझसे!

भाग

वह भाग सीख रहा है।
वह सीख रहा है–
        लगातार घटने से
        बड़ी-से-बड़ी संख्या
        रह जाती है
                केवल शून्य!
अगर कुछ बचता भी है
        तो धूल पर
        चिड़िया के हस्ताक्षर के बराबर।
वह भागना सीख रहा है।
वह सीख रहा है
        कि लगातार बढ़ने से
        बड़े-से-बड़ा दानव
        रह जाता है पीछे–
छूटा हुआ दूर क्षितिज पर–
        बौने की नाक के बराबर।
गुणा-भाग का हासिल शून्य सही,
दौड़-भाग का हासिल शून्य सही–
        शून्य एक बहुत बड़ी बूँद है
        दुनिया के सबसे रसीले फल की।

लोड शेडिंग

बिजली जायेगी कहाँ,
वह कहीं जाती नहीं है–
बल्बों से, पंखों से धप्प कूदकर
बच्चों की नसों में समा जाती है।
कमरे में क्रिकेट खेलने लगते हैं बच्चे।
कमरे से ही कभी ईश्वर ने
मारा होगा ऐसा छक्का कि
खिड़की तोड़ता हुआ चाँद उड़ा
और झाड़ियों में अँधेरे की
'टप्प' फँस गया!

किसी शेरपा-तेन्जिग की दिलेरी से
        चढ़कर सिटी बस में–
        हारे-थके मगर मुस्काते
        लौटे हैं माँ-बाप अभी-अभी
        छाते और टिफिन डुलाते!
पैकेट में एक साथ कसे हुए
नन्हे-नन्हे गोलगप्पों की तरह
सिर से सिर सटाए हुए
खड़े हैं बच्चे–
कहते हुए कि
कितना अँधेरा है,
ठीक से ज़रा चढ़ना तुम दोनों सीढ़ियाँ
        अगर बहुत थकी हो तो रहने दो अम्मा,
        भूख भी नहीं है, हम नहीं खायेंगे खाना।

कूड़ा बीनते बच्चे

उन्हें हमेशा जल्दी रहती है,
उनके पेट में चूहे कूदते हैं
और ख़ून में दौड़ती है गिलहरी!
बड़े-बड़े डग भरते
चलते हैं वे तो
उनका ढीला-ढाला कुर्ता
तन जाता है फूलकर उनके पीछे
जैसे कि हो पाल कश्ती का!
बोरियों में टनन-टनन गाती हुई
रम की बोतलें
उनकी झुकी पीठ की रीढ़ से
कभी-कभी कहती हैं :
"कैसी हो? कैसा है मण्डी का हाल?"
बढ़ते-बढ़ते
चले जाते हैं वे
पाताल तक
और वहाँ लग्गी लगाकर
बैंगन तोड़ने वाले
बौनों के वास्ते
बना देते हैं
माचिस के ख़ाली डिब्बों के
छोटे-छोटे कई घर!
खुद तो वे कहीं नहीं रहते,
पर उन्हें पता है घर का मतलब!

वे देखते हैं कि अक्सर
चींटे भी कूड़े के ठोंगों से पेड़ा खुरचकर
ले जाते हैं अपने घर!
ईश्वर अपना चश्मा पोंछता है
सिगरेट की पन्नी उनसे ही लेकर।

गीत-मजूर

बस में गाकर
बच्चे जो माँगते हैं—
वह भीख नहीं होती,
होती है 'फी' उनके गाने की!

आप अनमने हैं,
चले जा रहे हैं—
वे गले के जादू से
आपको कहीं और लिए जायेंगे,
फिर वापस सीट पर
बाइज़्ज़त पहुँचायेंगे—
क्या इसमें मेहनत नहीं होती?

इस उमर में
जब वे तितलियाँ पकड़ सकते थे,
उन्हें पकड़ने को मिली हैं—
बसें और फ़िल्मी धुनें और बाँहें—
बेलौस मुसाफ़िरों की!

फ़िल्मी धुनों पर ही सही—
इतने भजन सिद्ध करते हैं वे
कि भगवान उनको लगने लगते हैं
गिल्ली-डण्डा और गोली-कबड्डी के साथी!

निस्सन्तान दम्पति का आपसी संलाप

"अगम्य हमें जहाँ-जहाँ ले गया, हम गये।
असाध्य हमसे जो-जो करवाता रहा, हमने किया।"
"हम उस घर में रहे जो बना ही नहीं,
और तुमने आवेगविह्वल होंठों से हुक तोड़
पी भी लिया मेरा दूध
जो उतर सकता था, पर नहीं उतरा–
मेरी सन्तप्त शिराओं के
तनकर फट जाने के
नौ माह बाद तक।"
"नौ ग्रहों की तरह भटकते रहे
वे नौ महीने...
और फिर नौ रत्नों की तरह चुपचाप जड़ गये
मेरी अँगूठी में–
जो गढ़ी जाने के पहले ही
जाने कहाँ खो गयी।"
"संकल्प साँकल खटकाकर
नींद तोड़ने में बहादुर हैं।
अनिद्रा जो सपने दिखाती गयी–
हमने देखे–"
"और इस तरह
एक असम्भव एषणा की
कैलाश-कन्दरा
चढ़ाती गयी हमें लगातार
एक बड़ी बीहड़ चढ़ाई।"

प्रागैतिहासिक

इन्द्रियाँ

पाँचों को लेकर यह दफ़्तर शुरू किया था मैंने,
एक-एक कर छोड़ गये सब अपना काम।
अभी-अभी मिला मुझे त्वचा का त्यागपत्र।
अब कितनी भी मार पड़े,
स्पर्श का कम्पन वहाँ होता ही नहीं।
पहले आँखें उचटीं,
फिर जीभ पलट गयी
कही हुई बातों से नहीं–
सिर्फ़ उस स्वाद से
जो तुम्हारी ओर था–
उलटी हुई नाव जैसे तुम्हारे होंठों के
सूखे किनारों में।
कान बहुत दिन झनझनाये
तुम्हारी ही साँसों के अनहद से।
फिर उनका झनझनाना भी हो गया बन्द।
बस एक पंचवटी है तरह-तरह की गन्धों की
जिसका साया बाक़ी है,
और एक नाम की आहट भी
बची है अभी।
और मेरे अन्दर जैसे बार-बार पूछता है कोई
क्या लौट आयेंगे सब फिर अपने काम पर?
क्या दफ़्तर फिर शुरू होगा?

शाम

नहीं, सिर्फ़ पक्षी नहीं—
किसी अलिखित महाकाव्य के
अक्षरों के दल थे वे
जो उड़ रहे थे—निःशब्द, निराकार—
ऊँचे दिगन्त में।
चित्रग्रीव होती है रात
जो ऐसी शामों के बाद
चली आती है—
लिये-दिये जाल, पाने अभयदान
सात सहस्र बिलों के भीतर
डरकर रहने वाले मित्रों से,
उनके बहुत पैने दाँतों का आश्रय।
जाल की तरह
कट ही जाता है दिन,
जीवन,
साथ।
अँधेरे की दूधभरी छातियों की
नोकों-से तारे
तनकर तिनक
आये थे।
टप-टप टपक रहा था उनसे
पीला उजास
धरती के गोल-गोल होंठों में,
और वहीं होंठों के दायें किनारे से
बही चली जाती थीं नदियाँ।
अजब एक गन्ध उठ रही थी

नदियों के तट से।
hook
हूक की तरह उठी थी पछिया
उस विह्वल गन्ध की धमक से
मुँद गयी थीं सबकी पलकें।
सो गया था
पीपल के नीचे दर्ज़ी,
मगर चल रही थी मशीन
अपनी गति से—धीरे-धीरे।
पनवाड़िन ऊँघ गयी थी
मगर कत्था और चूना
फुर्ती में थे।
ऊँघ गया था ईश्वर
और दुनिया थी कि चल रही थी
अपनी रफ़्तार से—
बराबर।

इच्छाएँ

इच्छाओं की लय भी होती है अलग-अलग!
कुछ सितार के झाले-सी
सीधा उठती हैं अठगुन में ही,
कुछ विलम्बित में उठती हैं
अचानक किसी सुर से
(सृष्टि के पहले आलाप की तरह)—
और रास्ते में पड़े जंगलों के
एक-एक पेड़ से पता पूछती-सी
सीधा पहुँचती हैं ऊँचे दिगन्त में—
यों ही उड़े जाते पंछी-दल के
किसी एक पंछी के
सिहरे हुए एक रोएँ तक!
किसी एक पंछी का कोई एक सिहरा हुआ रोआँ
बनने की ख़ातिर
करती है कोई-कोई इच्छा
इतनी लम्बी यात्रा
ध्रुपद-धमार-विलम्बित में
ठहरी-ठहरी,
सिहरी-सिहरी,
धीरे-धीरे, धीरे-धीरे
ऊपर-ऊपर-ऊपर को
उठती हुई।

विस्मृति

विस्मृति,
मुझे तुम्हारा सिल चाहिए
धो-पोंछकर बराबर करने हैं
कुछ ऊबड़-खाबड़ हिसाब।
मोह, ज़रा गोंद बढ़ाना
कई चिट्ठियाँ खुली पड़ी हैं।
कलह, मुझे चाहिए तुम्हारा आवेग,
देखो न, मेरे हिलाए एक पत्ता भी हिलता नहीं,
और भाई झूठ, मुझे अपने पंख दे दो।
मैं अपनी आँखों से परेशान हूँ
और कानों से तबाह।
        रेत मुझे रेत दीखती है,
        शोर मुझे शोर सुनायी देता है!
छल, मुझे अपनी छन्नी दे दो।
बहुत घोल-मट्ठा हुआ।
निर्लज्जता, मुझको धीरज दोगी अपना?
मैं कहाँ-कहाँ जाऊँ?
किससे क्या-क्या माँगूँ?
क्या खरचूँ, क्या बचाऊँ?
ऐ थकमकाहट सुनो, मुझे घर छोड़ दोगी ज़रा?
शायद वहाँ ख़ाली डिब्बों में
थोड़ी-सी बची पड़ी हूँ अब भी
        मैं अपने पास,
और उसी से मेरा चल जाये आगे भी काम।

मुक्ति

पतंजलि की धोती की गाँठ में
बँधी पड़ी थी,
बुद्ध की मुस्कान और
कन्फ्यूशियस के कानों के पीछे
खुँसी हुई थी जिसकी कुंजी—
मुक्ति वही थी न?
वही मुक्ति थी?
इसराइल के गड़रिया कहते हैं :
ईसा मसीह अपनी सब भेड़ें
उसे दे गये थे!
पैगम्बर के तम्बू पर
काढ़ती थी वह
बड़े-बड़े कत्थई गुलाब!
वह बालू भी जो पीसती थी तो उससे
चू जाता था तेल।
उसकी बाजुओं में ताक़त थी और आँखों में नमी
चार्वाक के घी में थी वह
और सुकरात की कटोरी में,
अलग-अलग लोगों के पास
अलग-अलग शक्लों में
जादू की छड़ी से उतर आयी थी।
सिण्ड्रेला की सुनहरी जूतियों में
सितारे की तरह वह जड़ी थी
और रैपुन्जल के बालों में
मोती की तरह गुँथी थी
पद्मावती का हिरामन थी,

शीरी की खीर की सुराही।
वह इधर थी, उधर थी,
इसके पास, उसके पास
तो मेरे पास क्यों नहीं थी–
मेरी मुक्ति?

इच्छा

पुरातन इमारत की गन्ध
भर जाती है
पुरातन इच्छाओं में
जिनमें हम रह चुकते हैं
कई बरस
दम साधे
उस किरायेदार की तरह–
जिसके पास न किराया है,
न कोई दूसरा ठिकाना।
दम साधे-साधे
हम एक दिन
हो जाते हैं कबूतर
और पुरानी इमारत
हमारे पंखों पर
घूम आती है
दूर तक!

प्रागैतिहासिक

अच्छा होता है कुरेदना—
आदमी हो, मिट्टी या घटना—
क्या बुरा है—सारे घाव हरे करना!
 हरियाली कहीं भी हो—
 अच्छी ही होती है,
 लेकिन कुरेदो तो
 हरियाली की तह में
 मिट्टी मिलती है
 और एक प्रागैतिहासिक आईना
 जिसमें कि शेर और बकरी की शक्ल
 एक दीखती है।

माफ़ी

जो प्यार करते हैं—
माफ़ कर देने को
बैठे रहते हैं वे तैयार
पर उनसे कोई माफ़ी नहीं माँगता,
न हवा—जो उनके ख़िलाफ़ बहती है
न धूप—जो उन्हें झुलसाती है,
न पानी—जो उन्हें चाबुक मारता है बिना बात,
न आग—जो उन्हें दिखाती है आँख।
और जो प्यार नहीं करते?
धूप उनसे कर लेती है पर्दा।
उनके दरबार में
दम साध लेती है हवा।
पानी का गला सूख जाता है,
आग मुँह लटका लेती है,
और फिर सलीब पर लटककर
करती है प्रार्थना—
"क्या कर रहे हैं, नहीं जानते—
हे ईश्वर, इन्हें माफ़ कर देना।"

टिकट-बूथ पर पब्लिक टेलीफ़ोन

सबका कुछ-न-कुछ छूट गया है
कहीं-न-कहीं।
चोंगे से हुक
और पुकार से चुप्पी तक
सिर्फ़ एक तार है जो हिलता है।
एक सनसनाहट-सी
क्यू में खड़ी है–
जेबें टटोलती हुई!
किसी का सिक्का चलता है,
किसी का नहीं चलता,
किसी का चल के अटक जाता है।
कितना अच्छा है कि
कहीं-न-कहीं तो है वह
ज़रूर
(जो नहीं है)
किसी-न-किसी के तो पास
सुरक्षित है वह–
वही जो नहीं है–
और उसकी तलाश में
घूम रहे हैं डायल,
मिल रहे हैं नम्बर,
बज रही हैं घण्टियाँ,
पंक्तिबद्ध खड़े हैं लोग
जैसे कि प्रार्थना में बच्चे!
कुली जा रहा है आगे-आगे।
कुली की शक्ल समय से मिलती है।

कितना अच्छा है कि कुछ सिर हैं जो सबके सिर का बोझा
ले लेते हैं,
कुछ कन्धे
झुककर भी
टूट नहीं जाते।

घाव

वह एक मामूली घाव था।
उसे चीरा गया।
जाँच प्रक्रिया का यह हिस्सा था।
कहना क्या था?
कहने को था भी क्या?
टीस ने घाव से
फिर भी कहा–
"आओ, सो जाते हैं फिर से–
रक्त की गरम-गरम रज़ाई ओढ़ के!"

चुप्पी

आयु वनस्पतियों को आशिष में देते हैं बूढ़े पहाड़,
कि वनस्पतियाँ कुछ भी नहीं कहना जान गयी हैं,
जान गयी हैं रहना,
चुप रहना जान गयी हैं!
शब्दों के जंगल में
चुप्पी का एक शेर रहता है!
जो भी ज़रूरी हो जाता है—
आदिम अनुगूँजों की भाषा में
बस वही कहता है—
छूते ही भहरा जाने वाली मनःस्थिति में लटके
शहतूतों, अंजीरों, खुबानियों के गुच्छों से!
आयु वनस्पतियों को इसी तरह
आशिष में देते हैं बूढ़े पहाड़!

हाशिया

हाशिया ही सबसे बड़ा है बरामदा
पन्ने का!
जिन शब्दों की छूट जाती है गाड़ी,
वे अपना झोला समेटकर
ज़रा ऊँघ लेने की जगह यहीं पाते हैं!
प्लेटफॉर्म है हाशिया!
थोड़ा-सा हाशिया
कपड़ों में छोड़ता है दर्ज़ी—
उम्मीद में कि
कुछ तो बड़े होंगे बच्चे
कपड़ों के फटने के पहले!
रेल की पटरियों का हो,
पन्नों का या सड़क का—
हाशिया जो है अपना
दरअसल है एक प्यारा-सा सपना—
चौहद्दियाँ लाँघ जाने का,
साँचों में अँट नहीं पाने का!

हँसी

हँसी बेधड़क चीज़ है।
यह आ सकती है कभी भी, कहीं भी–
कठिन-से-कठिन वक़्त में–
रात-बिरात, बात-बेबात!
तानाशाहों के दरबारों में
"राजा नंगा, राजा नंगा" कहती-कहती
यह पीट देती है ताली!
कापालिकों की बस्ती में भी
पुरानी चुनौतियों की
डोलती है एक हँसी–
कंकाल की खोपड़ी में मदिरा-जैसी!
और राख की ध्वस्त-सी नीलिमा में
चम-चम चमकती है हँसी आग की!
गहरे विराग से थिराए हुए मन में भी
कभी फूट आती है हँसी–
शिव के जटाजूट में जैसे
धारा गंगा की!

परदेश का पहला जाड़ा

तैयारी

बुरे वक़्त के लिए बचाये
कुछ बीज
        आपस की अर्थहीन बातों के!
उम्मीद, विश्वास
        बटुए में रखे सँजो के!
किंवदन्तियाँ बचायीं
        तथ्यों के महाप्रलय में।
मनु की उस नौका-सा डोल गया
जब भी मन अपना—
                हमने यही प्रार्थना की—
स्मृतियों से, श्रुतियों से
        कम-से-कम तुम तो टिकना—
        अक्षयवट की पत्तियाँ।

बारिश और बेघर

तीसेक वर्षों से हर साल
इस मौसम में
इसी तरह देखा है
बूँदों को मिट्टी पर चिट्ठी टाइप करते।
मिट्टी तो ठीक, मगर देह पर
यह क्या है जो समानान्तर
टाइप हुआ जाता है—
व्याकरण के सब नियम तोड़कर?
ढहे हुए झोंपड़ों के सामने
सड़क पर
संज्ञाएँ बैठी हैं अलमस्त—
सारे विशेषण
चूल्हे में झोंककर,
धुलाई की गठरी में कोंचकर
सारी क्रियाएँ और अव्यय।
निश्चेष्ट : निश्चिन्त : निष्काम
आँख मूँदकर भीगना ऐसे
हठयोग ही होता होगा शायद।

ख़ाली बटुआ

मेरी एक जेब में आसमान है,
दूसरी में ख़ाली बटुआ!
नीले रूमाल-सा तहाकर
आसमान जेब में अँटा लेना
मेरे इस गणतन्त्र में सबको आता है!
मेरे इस गणतन्त्र में सबको आता है
ख़ाली बटुओं में उँगलियाँ नचाना!
ख़ालीपन की नाच से
पुश्तैनी है दोस्ती
मेरे इस गणतन्त्र में!
ख़ाली खलिहानों में नाचती है चिड़िया!
दो पेड़ों के बीच की फाँक में
नाचती हैं गिलहरियाँ किसिम-किसिम से!
दो शब्दों की फाँक में
अर्थ की, अनर्थ की, मौन की, अमौन की
हज़ार भंगिमाएँ
नाच-नाच जाती हैं तरह-तरह की 'परणें'!
दो साँसों की फाँक में
जीवन का विषम ताल
सम पर ठिठकता है एक बार!
और दो पहाड़ियों के बीच नदी
बहुत कठिन लेती है 'तत्कार'!
तो ख़ाली बटुए में
अन्ना पाबलोआ
क्यों नहीं बनें ये उँगलियाँ!
नाच रही है धरती लास्यमती,

धीरे-धीरे अपनी तहें खोलकर
नाच रहा है एक अद्भुत-सा नाच
आसमान!
और उसकी तीसरी आँख-सा
आधा है खुला हुआ दिनमान!

जहाँ-जहाँ ख़ाली है कुछ भी,
धीरे-धीरे भर रही हैं वहाँ ही
मद्धिम लहरियाँ मृदंग की!

कठघरे से कविता का बयान

1. तथ्य और तथ्येतर

सच सिर्फ़ वे नहीं होते,
प्रिय इतिहासकार,
जो कि ज़मीन की खुदाई से
अचानक निकल आते हैं।
मोहनजोदाड़ो के मुछमुण्डे
उस दढ़ियल देवता को याद करो,
अंगवस्त्र उसका केवल एक कन्धा ढँकता है।
जो कन्धे ढँके हुए हैं,
क्या वे कन्धे ही नहीं हैं?
जो कि प्रचण्ड भाव से
एकदम उग नहीं जाते—
वे सच भी तारे ही होते हैं
और उनका प्रकाश-वृत्त
अपनी सकुचाहट में
उतना ही होता है सच्चा,
उतनी ही होती है सच्ची
उनकी इयत्ता।

2. सच, न्यायालय और कविता

न्यायाधीश,
कोई गवाह नहीं मेरे पास,
लेकिन मैंने सच की हत्या नहीं की।
थपकी देकर उसको सुला दिया

क्योंकि वह थका हुआ था!
देखना, वह अभी जगेगा,
और खुद तुमसे कहेगा—
सच के कहानी बन जाने की दास्तान।

3. झूठ, प्रयोगशाला और कविता

प्रिय पियरे क्यूरी,
ऐसी कोई परखनली
नहीं मेरे पास
जो सच को झूठ से अलग कर दे।
आइंसटीन,
देख रहे हो न तमाशा—
अपनी आपेक्षिकता का।

4. नर्स, अस्पताल और कविता

सतमासे बच्चे की तरह
किसी जार में बचाकर
मैंने वह सच रखा था
जो बाहर रह ही नहीं सकता था।
चुपचाप बेचारा पड़ा रहता था।
जो पिलाऊँ, पीकर सो रहता था।
धीरे-धीरे उसके पाँव लगे हिलने,
फिर हाथ और कभी-कभी
बीच-बीच में
आँख खोलकर वह मुझे देखने लगा।
उसकी आँखें ऐसी थीं जिनका सामना
मुझसे भी नहीं हुआ।
अब मैं कंगारू तो थी नहीं
जो उसको वापस किसी थैली में
पेट के अन्दर रख लेती।
उसे मैंने गोद में उठाया,
वह भारी था,

इसके पहले कि वह छूट गिरे–
मैंने अपने बदन के सारे कपड़े निकाले
और उसे ऐसे लपेटकर तुमको पकड़ाया
कि तुमने आँखें निकाल लीं
और कहा–
"ले जाओ, झूठ का पुलिन्दा।"

प्रौक्सी

वह मुझसे लड़ता ही गया।
दुनिया की हर तरकीब भिड़ाके
उसने की मुझसे लड़ाई—
हालाँकि मैं उसको
जानता भी ठीक से नहीं था।
हममें बस इतना सम्बन्ध था—
मैं भी उस नाव का सवार था
जिसका वह था।
एक तूफ़ान गिरफ़्तार था
उसके मन में।
दूर-दूर के उसने तिनके चुने
और एक चिलम ठोंक दी।
आग ने बड़ी भलमनसाहत की
जो मुझसे बोली—
"धीरज मत खोओ,
चुप बैठो,
इस युग में
अक्सर ही होते हैं
प्रेम और झगड़े
शुद्ध प्रौक्सी से—
किसी के बहाने किसी से।"

बोरियत

मैंने अपनी बोरियत से पूछा—
“आख़िर तुम्हें चाहिए क्या?
दाल-भात है और चटनी,
फूल रहे हैं बाल-बच्चे...
लेकिन तुम्हारे तो टण्टे नहीं थमते,
लगातार अक-बक लगाये रखती हो—
बिल्कुल मिज़ाज ही नहीं मिलते!
काम-काज कोई नहीं क्या तुमको?
चलो, मेरा कूड़ा ही फेंक दो।
ताज़ा-टटका कुछ नहीं, लेकिन
आसी-बासी मेरे पास बहुत रहता है,
उस पर तो कई पेट पल लें...!
अच्छा, चलो, ठीक है—
कल फिर आ जाना,
लेकिन बहुत रात हुई,
कहाँ जाओगी—
लो, डाल दो, यहीं बिछौना!”

चुटपुटिया बटन

मेरा भाई मुझे समझाकर कहता था—"जानती है, पूनम—
तारे हैं चुटपुटिया बटन—
रात के अँगरखे में टँके हुए!"
मेरी तरफ़ 'प्रेस' बटन को
चुटपुटिया बटन कहा जाता था,
क्योंकि 'चुट' से केवल एक बार 'पुट' बजकर
एक-दूसरे में समा जाते थे वे।
वे तभी तक होते थे काम के
जब तक उनका साथी—
चारों खूँटों से बराबर—
उनके बिल्कुल सामने रहे टँका हुआ!
ऊँच-नीच के दर्शन में उनका कोई विश्वास नहीं था!
समकक्षता के वे कायल थे!
फँसते थे, न फँसाते थे—चुपचाप सट जाते थे।
मेरी तरफ़ प्रेस-बटन को चुटपुटिया बटन कहा जाता था,
लेकिन मेरी तरफ़ के लोग खुद भी थे
चुटपुटिया बटन की तरह 'चुट' से 'पुट' बजकर सट जाने वाले।
इस शहर में लेकिन 'चुटपुटिया' नज़र ही नहीं आते—
सतपुतिया झिगुनी की तरह यहाँ एक सिरे से ग़ायब हैं
चुटपुटिया जन और बटन।
ब्लाउज में भी दर्ज़ी देते हैं टाँक यहाँ हुक ही हुक,
हर हुक के आगे विराजमान होता है फन्दा।
फन्दे में फँसे हुए आपस में कितना सटेंगे—
कितना भी कीजिए जतन, 'चुट' से 'पुट' नहीं बजेंगे।

गन्ध

बस कभी 'बस' नहीं कहती,
उसके धीरज का यह अक्षुण्ण कोटा
तय हो गया था उसके
                    लिंग-निर्णय के दिन ही!
एक जहन्नुम से
दूसरे जहन्नुम तक
मज़े में चली जा रही थी
          एक लदी-फदी बस
          गर्भवती की चाल से,
                    मतायी हुई!
अँधेरा घना था और शोर भी
जो चीज़ों के बीच से
                    गुज़र जाने से पैदा होता है।
सबका टिकट कट रहा था!
जो बस में था—
बस के कण्डक्टर की ख़ातिर
                    सिर्फ़ 'सवारी' था—
अगली सवारी, पिछली सवारी,
छींट शर्टवाली
पीले सूटवाली,
बैठी सवारी, खड़ी सवारी
          अद्भुत था बस का गणतन्त्र।
          सब लोग अपने वजूद और रुतबे
          स्थानीय समाचार-पत्र की तरह
          काँख में दबाये—
                    जादू की छड़ी से

बदल गये थे
केवल "सवारी" में!
एक बार मन में आया—
'सवार' क्यों नहीं जो 'सवारी'!
फिर लगा कि सवार तो
घोड़ों के होते थे या हाथी के।
शिव के कन्धों पर पड़े
सती के शव से जैसे
उनके वे झुलसे हुए अंग
इधर-उधर छिटकते गये थे—
मेरे वजूद के भी
कई-कई हिस्से—
अलग-अलग लपटों में
झुलसे हुए
बस से उतरने लगे
अलग-अलग स्टॉपों पर!
बहुत भीड़ थी, बहुत धुआँ था,
प्यास थी, पसीना था।
लोग ऊँघड़-पुँघड़ रहे थे कि अचानक
दृश्य बदला।
वह तीर की तरह
बस में घुसी।
सभी चौंक उठे।
ऊँघ रहे थे जो, उठ बैठे।
और किरकिरे होंठ पोंछते
सोचने लगे मुस्कुराकर
उड़नखटोला दिनों के बारे में!
आगे से कोई चढ़ा था
नरम-नरम आँच पर
तुरत-तुरत पके हुए
भुट्टे लेकर!
तीर की तरह
जो घुसी थी बस में—
सिर्फ़ एक अच्छी-सी, ताज़ातरीन गन्ध ही तो थी

भुट्टों की—
जो हवा की
सारी नमी के ख़िलाफ़
नरम-नरम राख पर
चुपचाप कुछ पकते जाने से
पैदा होती है शायद!

सहयात्री

साइबेरिया की एक चिड़िया का
पंख ओढ़कर सोये दोनों
उस एक प्लेटफॉर्म पर
जहाँ दस बजे बाद
कोई गाड़ी नहीं गुज़रती।
गुज़रती है सिर्फ़ साँय-साँय हवा की।
मूँगफली के छिलके बिखरे थे उनके सपनों में।
पहले से गिरे हुए थे सारे सिगनल।
चाय के ढाबे में
केतली से उठती हुई भाप
गिरी कई बार
ख़ाली प्यालों में—
फिर सो गयी
दोनों के बीच घुसकर।

परदेश का पहला जाड़ा

नीली थी पीठ रात की।
ठण्डी थी उसकी हथेली कुछ इतनी
कि उससे कोहरे ने कहा—
"आओ, तुम्हें ऐसे चिपटा लूँ
कि तुम्हारे रन्ध्रों से निकले
                मेरा पसीना।"
खल्वाट खेत की मुँडेर पर
निपट अकेला खड़ा था
                बछरुआ!
आग के हल्के इशारों पर
हिल रही थी गर्दन
                धुएँ की!
दीवारों पर थमक गयी थीं दीमकें
बिल्लियों की मूँछों का
        कम पड़ गया था कुछ ताव
मैंने लिखा—"तुम्हें आ जाना चाहिए, माँ—
        एक बड़े आगोश की
                ज़रूरत है ठण्डे शहर को।"
यह चिट्ठी डालकर
        मैं चोर-बाज़ार गयी
और एक कोट ख़रीदा
        जो मुझसे दस इंच बड़ा था
कोट के बड़प्पन ने मुझे सुकून दिया।
        कोट क्या था—पूरा घर था—
        उसमें मैं सिर छुपा सकती थी—
        हर ओर से उसने मुझे घेर रखा था।

उस पर चकत्ते थे
बीते हुए मौसमों के—
मेरे पहले उसमें
क्या जाने कौन रहता था।
जो भी रहता था, उसके बच्चे
गुड़काकर ले गये थे बहुत दूर
इसके बटन सारे।
अब इसमें बच्चों को क्या कहना—
गिरे बटन लगते ही हैं टूटे पहिये।
उन बच्चों की मैंने
मन ही मन चुम्मी ली
और कोट की जेब में
हथेली डाली।
वहाँ मुझे एक मिला सिक्का।
उससे मैंने सारी कायनात
देखते ही देखते
ख़रीद ली!
ठनके रहे हैं
आज तक जेब में मेरी
बचे हुए छुट्टे-सितारे!

बाज़ लोग

बाज़ लोग

बाज़ लोग जिनका कोई नहीं होता,
और जो कोई नहीं होते,
कहीं के नहीं होते—
झुण्ड बाँधकर बैठ जाते हैं कभी-कभी
बुझती अलावों के चारों तरफ़!
फिर अपनी बेडौल, खुरदुरी, आश्वस्त
　　हथेलियाँ पसारकर
　　वे सिर्फ़ आग नहीं तापते,
　　आग को देते हैं आशिष
कि आग जिए,
जहाँ भी बची है, वह जीती रहे
और ख़ूब जिए!
　　बाज़ लोग जिनका कोई नहीं होता
और जो कोई नहीं होते, कहीं के नहीं होते—
झुण्ड बाँधकर
　　चलाते हैं फावड़े
और देखते-देखते उनके
　　ऊबड़-खाबड़ पैरों तक
धरती की गहराइयों से
　　एकदम उमड़े चले आते हैं
　　　　पानी के सोते।
बाज़ लोग सारी बाज़ियाँ हारकर भी
　　होते हैं अलमस्त बाजीगर!

साध्य

मास्टर चिन्तामणि
चिन्ता को मणि समझते थे
और फण में दबाये हुए
एक बड़ी चमकीली चिन्ता
फुफकारकर कहते थे–
"बच्चो, हमेशा ही तुम याद रखना,
और आचरण में उतारना–
रेखागणित का यह साध्य ग्यारह–
त्रिभुज की दो भुजाएँ मिलकर
तीसरी से बड़ी होती हैं।"
अकेली पड़ी उस तीसरी भुजा पर
मुझे बहुत आती थी दया!
"क्या अकेला पड़ना
छोटा हो जाना है?" एक दिन मैंने
माँ से पूछा!
इस पर माँ
कुछ भी नहीं बोली।
धीरे से मुझको बस
सटा लिया!

पटरी

पटरी पर बिखरा था ब्रह्माण्ड—
सुई से लेकर सितारे तक
एक दरी पर सजे थे
बिकने के वास्ते!
हर माल आठ आना, हर माल आठ आना!
'आने' का गया ज़माना,
लेकिन शफ़्फ़ाक ख़ान का
ऐसा मुँहलगा था ये 'आना'
कि उससे कह ही नहीं पाते थे—
"तुम जाओ न!"
        बचपन में सुनी थी कहानी
        अन्धेर नगरी की—
        अन्धेर नगरी, चौपट राजा,
        टके सेर भाजी, टके सेर खाजा!
        चौपट ही सही, मगर राजा हूँ—
        इस एहसास से भरे
        कहते थे खाँसते हुए—
"आना-आना आठ-आठ आना—
मेरे दरबार में बराबर सब—
बराबर हैं पाँचों उँगलियाँ—
सब धान बाइस ही पसेरी—
बराबर हैं रेजर-टिकुलियाँ!
राजा का दरबार देखा है ऐसा
जमहूरियत का नमूना?"
        फ़ुटपाथ-पुलिस से निबटने में
        जब आख़िरी रेजगारी-सा

सूरज भी हो जाता था ख़र्च–
शफ़्फ़ाक ख़ान एक आह की तरह जगते थे
और सारी कायनात
उनके कन्धों पर ही
जाती थी झूल–
गठरी में बँधी हुई!

दंगल

रेल का और बस का किराया माफ़ होना चाहिए

जयहिन्द

"हालम चिट्ठी हाजा शाहनूर का बाशिन्दा है बहुत गरीब है जात का माली है इसके एक भाई की रेल के नीचे आकर दोनों टाँगें कट जाने से मृत्यु हो गयी। उसके एक लड़की जवान है। शादी करनी है। अतः आप सज्जनों से प्रार्थना है कि हमदर्दी के तौर पर इन्हें 1, 2, 3, 4, 5 रुपये देकर सहायता करें। आपको भगवान देगा। चिट्ठी पढ़कर वापस दे दें। एस.एस. डॉ. प्रभुदयाल वाले ने 10 रुपया देकर इमदाद की है। यह काग़ज़ हंसराज वकील ने दिये हैं। ये लोग आपके बच्चों को दुआ देंगे।

कन्यादान करो तो भगवान आपको देगा!"

जेब में पड़ी है यह पर्ची।
पढ़कर मैंने वापस नहीं की।
पहली पंक्ति से पाँचवीं तक
लगातार दौड़ रहे हैं शब्द—
हाँफते हुए—
कहीं न आधा, न पूर्णविराम—
एक-दूसरे पर गिरे जा रहे हैं
शब्द भी धड़ाम-धड़ाम।
शब्द-शब्द मचा रहा है जल्दी,
मेरी हर एक रेजगारी से
खेलता हुआ धींगामुश्ती।
जयहिन्द—भिंचा पड़ा मुट्ठी में 'जयहिन्द'!

विवरण

“आजकल क्या हो रहा है?” चलते-चलते यों ही जब पूछता है कोई—
मंगल महर्षि के मन में भहराकर गिर पड़ती हैं
मुश्किल से अलग-अलग ढेर में सजायी गयीं
घटना-चक्रों की
इन्साइक्लोपीडिक फ़ाइलें—
और विवरणों के उस महाप्रलय में—धूल से नहाये हुए—
बेचारे करने लगते हैं,
संक्षेपण और शॉर्टहैंड की प्रैक्टिस!
क्या छोड़ें और क्या बताएँ—
यह सोचते-सोचते, अन्त में कहते हैं—
“माफ़ करें, दरअसल मैं जानता ही नहीं—
आजकल क्या हो रहा है
आसपास मेरे या मेरे भीतर ही।”
कुछ है जो होकर नहीं होता,
कुछ नहीं होकर भी अगरधत्त भाव से
होता है होने की पूरी इयत्ता में।
होने-नहीं होने के बीच झूलता हुआ
एक पुल है रोशनी का
अन्धी तलैया के ऊपर!
इधर-उधर पुल के एक गाँव ‘होना’ है
और ‘नहीं होना’ है दूसरा—
जामन इधर से आता है, दही उधर जम जाता है।
एक गाँव से दूसरे गाँव तक
जामन की यह यात्रा सिर्फ़ विचारों की यात्रा नहीं है—
यदि होती तो विवरण आसान होते, आसान होते इन प्रश्नों के उत्तर—
आजकल क्या हो रहा है!!

बहिनाबाई : इक्कीसवीं सदी

बहिनाबाई*

दृश्य : एक

पार्क में सैर के लिए निकली औरतों का जमघट!
एक के हाथ में अख़बार···

साक्षी एक : कितना-कुछ हो रहा है!
खोज में निकले हैं हवाई जहाज़!
पुलिस-दस्ता व्यस्त है!
शब्दों से अर्थ छूट भागे हैं
गोली के पीछे की गोली की रफ़्तार से!
हर यातना हमें पीपे में बन्द कर
समुन्दर में दूर फेंक आती है,
पर लौट आता है पीपा
बार-बार इसी एक तट तक।
कितना-कुछ हो रहा है...
एक सिर्फ़ वही नहीं होता
जिसकी उम्मीद में
लौट-लौट आती हैं

---

* सत्रहवीं शती की मराठी भक्त कवि। तीन साल की अवस्था में तीस साल के उग्र व्यक्ति से ब्याही गयीं जो बात-बेबात पीटकर इनकी चमड़ी उधेड़ देता था और फिर उफनकर गले भी लगा लेता था। पत्नी अपनी बछिया से क्यों हिली-मिली है, उसे लोग अक्सर घेरे क्यों रहते हैं; जयराम स्वामी ने उसके और उसकी बछिया के सिर पर हाथ क्यों फेरा; उसके स्वप्न में तुकाराम कैसे आ गये; बिना देखे-जाने वह शूद्र को गुरु कैसे बना बैठी; शाक्त परिवार में ब्याही जाकर भी विट्ठल के प्रेम में सुध-बुध खोने का क्या अर्थ—सनातन पुरुष के ये कुछ विकट प्रश्न थे जिनके दबाव में उनका दाम्पत्य जीवन लगातार अशान्त रहा, पर टूटा नहीं! इस तरह तीसरी दुनिया की अस्सी प्रतिशत विवाहित स्त्रियों की नियति जीती हुई—गृहस्थी के जंजाल में उलझी, फिर भी उससे निरपेक्ष—अपना एक समानान्तर विश्व-बोध जगाये रखने को कृतसंकल्प, बहिनाबाई का तनाव हममें से अधिकांश के तादात्म्य का सहज बिन्दु बन सकता है।

लहरें और जाल और पीपा!

साक्षी दो : किसी बहुत ठण्डे दिन का भारी सूर्यास्त
सबकी आँखों में आ ठहरा है...चलो, देर हुई,
घर नहीं चलना है क्या? कहाँ गयी बहिनाबाई?

साक्षी एक : हर ओर कुन्दे हैं,
कुन्दों का आसन भारी है!
कितने ठोस हैं कुन्दे, कितने आश्वस्त!
कुन्दों के मन में कुछ है!
एक पत्ती गिरी है उस 'कुछ' पर।
वह पत्ती अकेली है,
उसके पैर
उखड़े हुए-से हैं।
वह ठोस नहीं है, न आश्वस्त।
उसमें पत्ती का पत्तीपन भी नहीं।
वह हरी नहीं, कुरमुर है–
हो सकता है,
इस गाँव की
सबसे मरियल बकरी भी
उसे नहीं पूछे!
आधी-झिपी आँख-जैसी
उस पत्ती पर
नींद के कसीदे कढ़े हैं,
लेकिन वह सोयी नहीं है!
उसके मन में भी कुछ है।
दो बगुले उड़ते हैं दूर–
और कन्धे उचकाती है धरती!

साक्षी दो : रात बूढ़े आदमी की भाषा है!
उसमें कन्दराएँ हैं, संकेत और विस्मृतियाँ!
वह कम में ही काम चला लेती है!
हम सब सफ़र में हैं!
लम्बा सफ़र है यह!
हमारे पास गठरियाँ तो हैं,
पर गठरियों की गाँठ
ढीली पड़ गयी है!

कुछ अनसुने वाक्य,
मुँह में ही घुला लिए गये
कुछ शब्द-खण्ड
और कुछ प्रश्नचिह्न
साथ हमारे ही
बेंच पर सिमटकर
किसी फ्रण्टियर मेल का
देखते हैं रास्ता!

दूर डोलती है एक लालटेन!
बढ़ी हुई दाढ़ी पर
आकर टिक जाता है कुहरा!

साक्षी एक : अच्छा तो,
कहाँ गयी,
गयी कहाँ बहिनाबाई?

बहिनाबाई : (जैसे स्वयं से) मैं अपने घर का पता भूलती हूँ!
झील, मुझे बिस्तर दो,
कंचे खेलो मुझसे तारों के!

और चाँद,
किरणों का आला लगाकर
ज़रा मेरी छाती तो देखो—
क्यों इतनी जकड़ी हुई है?
कैसी यह धुन्ध फट रही है—
मेरे मस्तिष्क की गुफ़ाओं में?
जाना है, मुझे कहीं जाना है!
ऐ चिड़िया, ज़रा लिफ्ट दे दो!
धरती की इतनी दरारें—
क्या मेरा घर ये नहीं?
इनमें ही मुझको उतरने दो!
मैं अपने घर का पता
फाड़ती-झाड़ती हूँ
स्वेटर के
रुएँ-सा!

साक्षी दो : फिर वही ज़िद, बहिनाबाई!
चलो-चलो, घर तो चलना ही होता है!

और यह छाती से क्या लगा रखा है?

बहिनाबाई : यह ? मेरा सिरचढ़ा अकेलापन है!
मैंने अपने इस सिरचढ़े अकेलेपन को
बहुत खिलौने पकड़ाये।
वह नहीं मानता।
नहीं बहलता!
जितनी भीड़ बढ़ी जाती है,
उतना सटता जाता है मेरी छाती से—
डर से, ज़िद से चिढ़ा-चिढ़ा-सा!

फिर मेरे घुटनों पर
अपने पैर गोल कर
यों चढ़ता आता है
जैसे पासी हो वह,
और पैर मेरे हों—
कोई पेड़ ताड़ का!

साक्षी दो : चलो, चलो, घर चलो,
वरना वह आकर
यहीं सबके सामने तुम्हें पीटेगा!...और सब देखेंगे
चुपचाप, कोई कुछ नहीं करेगा!

साक्षी एक : (जैसे ख़ुद से) बरेली नहीं है यह,
लेकिन यहाँ बाँस बहुत हैं!
कोड़े चलाते हैं छापाखाना
आदमी की चमड़ी पर!
पिटते हुए आदमी की
ठन-ठन करती हड्डियों में
कुछ दिन तो छपते हैं पैम्फलेट,
फिर छपने लगती है एक गम्भीर किताब!
यह किताब अद्भुत होती है!
इसे कभी मार्क्स उठाकर पढ़ते हैं, कभी गाँधी,
और फिर दोनों को नींद नहीं आती है रात-भर!
एक रात उठते हैं दोनों
और साथ-साथ टहलने लगते हैं
पिटते हुए आदमी की

बहुत देर झुककर उठी आँखों में
गड्डमड्ड सपने बनकर!

सपने?

साक्षी दो : लेकिन बहिनाबाई को तो खुद
जाने कितनी सदियों से
न नींद आयी है, न हँसी!

बहिनाबाई : नींद? हँसी?
पहले तो दोनों
दिन-भर में कई झोंक आ जाती थीं!
अक्सर तो ऐसा होता था
कि एक गयी तो दूसरी आ गयी!
अब दोनों भूल गयी हैं रास्ता!
बस-वस में कभी-कभी
'नींद' मिली भी तो कुछ जल्दी में।
बहुत दिनों पर दीखी
'हँसी' मुझे चौराहे पर–
लेकिन दरिद्र और दुर्बल–
इतनी कि उससे कुछ भी पूछने की
मेरी हिम्मत ही नहीं हुई!
मैंने कहा–"ठीक-ठाक?"
उसने कहा–"ठीक-ठाक!"
वह शायद नमक ख़रीद रही थी
अपने बेरंग ब्लाउज के किसी कोने से
रुपये निकालकर!
ज़रा देर बाद कुछ हिम्मत जुटाकर मैंने पूछा–"हो कहाँ आजकल?
बिल्कुल ही मिलना नहीं होता!"

वह बोली–"हम जहाँ रहते हैं–
वहाँ से कोई कहीं नहीं जाता!
एक शाश्वत रहनुमाई
कहीं न फ़ोन करती है,
न लिखती है चिट्ठी।

रहती है, रहती है, रहती है–
ज़िद-सी ठनी केवल रहती है–
लगातार लड़ती हुई

खुद अपने ख़िलाफ़,
करती हुई इन्तज़ार,
मगर किसका?"

एक नीमपागल : (भीख की कटोरी में सिक्के उछालता हुआ)
मन तो वहीं रहना है जहाँ रहना है!
...समय किसी बटुए के मुँह-सा खुला है।
कुछ सिक्के हैं जो कभी ख़र्च नहीं होंगे।
वे दमकेंगे नींद में!

साक्षी दो : बच्चों की सोचो, बहिनाबाई...!
चलो, घर चलो।

दृश्य : दो

एक अस्त-व्यस्त कमरा

बहिनाबाई : (एकालाप) बातें हैं लम्बे सफ़र से
लौटने की थकान!
दिन हैं पाँवों की ज़ंज़ीर!
मेले में छूट गयी थी मैं उसी रोज़!
कौन था जो घर लौटा था मेरी देह पहन?
मैं तो नहीं थी, कोई वैताल था!
विक्रमादित्य,
अब तुम ही सँभालो उसको!
उसके सवालों का
नहीं मेरे पास है कोई जवाब!
(अपने चारों ओर काम समेटती हुई कृष्ण की मूर्ति से) :
ऐ माधव, इतने कपड़े कूटने हैं अभी,
इतना आटा गूँधना है,
देखो न, कितने तो काम धरे हैं सिर पर!
आओ भी, हाथ बँटा दो थोड़ा
या फिर तुम हेर दो जुँएँ ही ज़रा—
कुछ तो करो न, कुछ करो!

साक्षी : यह तू किससे क्या कह रही है?
अच्छा तो यही कृष्ण है तेरा?
लेकिन यह सब घटा कैसे?

पूरी कहानी तो सुना!
कब मिली? कैसे?
कब से शुरू है और कब तक चलेगा
तेरे निरभ्र एकान्त,
तेरे ईश्वर से तेरे प्रणय का यह सिलसिला?

बहिनाबाई : (हँसती हुई) अच्छा, तू चल छत पर!
बुन स्वेटर!
काम-धाम निबटाकर
पीछे से आती हूँ,
तब तुझको अपनी कहानी
सुनाती हूँ!

साक्षी : आज तो सचमुच तू स्वस्थ दीखती है!
बता-बता, कैसी तेरी रात बीती है!
काम-धाम होते रहेंगे, तू आ जा बस
छोटी-सी एक चटाई लेकर!

बहिनाबाई : कई सदी पैदल चल लेने के बाद
कल मैं निश्चिन्त सोयी—
साइबेरिया की एक चिड़िया की छाती से सटकर!
सुबह मेरी कंघी में निकले
झक्क सफ़ेद पंखों के रोएँ,
और मेरी नाभि पर पड़ी मिलीं
बर्फ़ की पंखुड़ियाँ
जो एक हल्की-सी साँस से
पिघल सकती थीं, पर नहीं पिघलीं!
होंठों पर पड़ी मिली
एक कँपकँपाहट
सृष्टि के पहले प्रत्यय की,
पलकों पर ओस मिली,
और धूप मिली प्रलय के बाद की
ओस से भीगी उँगलियों के पोरों पर!

साक्षी : समझती हूँ, बहिनाबाई!
एकान्त बहुत बड़ी घटना है
इस भाग-दौड़-भरे जीवन की!
अपने अलग अक्षों पर घूमते-घूमते

अगर टकराते हैं कभी
दो एक-जैसे एकान्त–
जैसे मंगल और बृहस्पति–
उथल-पुथल इतनी मचती है
कि काँप-काँप जाती है सृष्टि!

बहिनाबाई : लेकिन गुरुत्व-बन्ध,
पिण्डों का आपसी नाभिकीय आकर्षण,
परमाणुओं के महासंख्य संवाद,
खरबों स्वगत भाषण
आकाश के महामौन में बह नहीं पाते–
टिक जाते हैं बनकर तारे।...
और फिर आदमी के भीतर ही
पाँचों तत्त्वों की
लम्बी प्रसव-पीड़ा के बाद
पैदा होती है ईश्वरीय द्युति,
सुनो साक्षी–
कहती हूँ कथा मैं जिस ईश्वर की–
तैंतीस करोड़ देवताओं,
अस्सी करोड़ योनियों
और नब्बे करोड़ आधे जीते, आधे मरते,
आधे भूखे, आधे नंगे,
आधे जगे, आधे नींद में चलते
इस महाप्राण, महाधम
लोगों के देश में
रहता है एक अजब वेश में
हर एक घर के पिछवाड़े
और किसी औघड़-सा किसी वक़्त,
किसी पहर आकर कहीं से
चुपचाप-सा लेट जाता है किसी के भी बायें!
सबसे ही एक अजब-सी प्रणय-लीला
चलती है उसकी!
तो सुनो कथा मेरी...

साक्षी : कहो-कहो, बहिनाबाई!

बहिनाबाई : यक़ीनन मेरा उससे मिलना

ऐतिहासिक घटना नहीं था।
गोलमेज़ बैठक नहीं, कोई मार्च नहीं,
सरकारी गज़ट उसका कोई प्रमाण नहीं रखते।
उसके ख़िलाफ़ कभी कोई
जेल-भरो अभियान भी नहीं हुआ–
पर उत्तरी ध्रुव पर
पेंग्विनें इसका ब्योरा
अण्डे सेती हुई सुनाती रहेंगी
बियाबान रातों को हरदम!

साक्षी : अब भूमिका छोड़ो, कुछ अन्तरंग कहो।
शुरू के दिनों का कुछ हाल-चाल...!

बहिनाबाई : वे भी अजब दिन थे!
रोज़ सुबह–सिद्धार्थ की मुद्रा में–
घर से निकल पड़ती थी–
घर में सबको औंधे मुँह सोता छोड़कर।
और फिर बस्ती के बाहर
निकलते थे सैर पर मैं और ईश्वर!

साक्षी : उसमें क्या ऐसा था
जो तुम्हें एकदम से छू गया?...

बहिनाबाई : एक दिन
गन्ने के खेतों में
काले कड़ाह पर
हमने चढ़ाया गुड़
तो ज़ोर की आँधी आयी!
कुछ देर मुझे देखकर माधव हँसता रहा,
फिर मेरे सारे इखरे-बिखरे
केश समेटकर
उसने मेरी चोटी बाँधी और कहा–
"जाओ घर, देर हुई!"
"घर?" मैंने पूछा, "यह क्या होता है?
अक्सर जहाँ आदमी सोता है–
वह जगह उससे अलग होती है
जहाँ आँख उसकी खुलती है!
नींद में यहाँ से वहाँ आने में

कट जाती है सारी ज़िन्दगी!
मेरा स्थायी पता तो है
तुम्हारी यही साइकिल!"
"तो डाकघर को क्या यही पता दोगी?" वह बोला
और मेरी पलकों पर उँगली फिराकर वह हँसने लगा।

साक्षी : अच्छा तो कभी-कभी छू भी देता था?

बहिनाबाई : जब उसने पहले-पहल मुझे छुआ,
दरक गयी घटाओं की छाती!
हूक की तरह उठी पछिया
और मुझे ऐसे सहेजकर समेटा उसने
जैसे आँधी में
कपड़े अँकवार लिए जाते हैं
अलगनी से खींचकर!
मैं सूखा कपड़ा नहीं थी,
मुझमें बहुत बूँदें बाक़ी बची थीं—
यह मैंने जाना उसी दिन
उसकी भीगी बाँहें, गीले कन्धे देखकर!
एक अजब लय-सी थी
उसके छूने-छोड़ने में।
लगता था, सप्तपदी अटक-अटककर
याद आ रही है उसको।
संकोच का पूरा व्याकरण उसको कण्ठस्थ था :
अच्छे परीक्षार्थी की तरह
पूरे मनोबल से दुहरा रहा था वह
संयम के सब पाठ, सब वर्जनाएँ,
सारी-की-सारी नीति कथाएँ।
पौराणिक स्मृतियाँ
अक्षत और दूर्वादल
डाल रही थीं हम पर!
सभी पढ़े, सुने-गुने पाठ्यांश, टुकड़े-प्रसंग—
प्रेम की प्रचलित-अप्रचलित कथाओं से उठकर
दौड़ आये थे अपने पास,
और हमें देख रहे थे
अजब मोह से भरकर,

क्योंकि लजाए हुए-से हम बैठे थे
जिस पेड़ के नीचे—
उस पर बस गिरने ही वाली थी बिजली।

लेकिन हमें उसका डर नहीं था।
सारे डर एक-एक कर उसने
आवरणों की तरह हटा दिये थे
और समय की जबर्दस्त रस्सियों से
बाँध दिये थे मेरे हाथ
मेरे ही पीछे!

साक्षी : इतने दिनों में क्या कभी तुम उससे रूठी भी?

बहिनाबाई : अक्सर ही।

साक्षी : जब रूठती हो तो तुमको मनाता है कैसे?

बहिनाबाई : कहता तो कुछ भी नहीं—
लहरों की उँगलियाँ बढ़ाकर
बस मेरी हथेलियाँ छूता है।
फिर सिर झुकाकर करने लगता है
मेरे सब छूटे हुए काम—
बाल्टी में पानी भर देने से लेकर
रोम-रोम में एक सस्मित पुलक भरने तक—
भरता ही रहता है कुछ-कुछ...
चुटुर-पुटुर बुनने लगता है
मेरे उधेड़े हुए स्वेटर।
लोग जब मुझे पीटते हैं—
वह सबको परे धकेलकर,
मेरा मुँह अपने हाथों में लेकर
मुझको सुनाता है
इधर-उधर के क़िस्से!
इधर-उधर के क़िस्सों की ही उँगलियाँ पकड़कर
मैं घूम आती हूँ सात लोक
और शाम तक फरहर होकर
जब लौटती हूँ इस धरती पर
मन करता है—
कह दूँ 'धन्यवाद' कोड़ों को
कि पंख दिये उन्होंने ही

खुर रोप खड़े हुए
इस अड़ियल मन को!

साक्षी : कुछ खाता-पीता है वह या बस हवा ही हवा है?

बहिनाबाई : पहली के आस-पास
जब घर में कुछ पकता है अच्छा—
चढ़ती है खीर या कि बनता है हलवा—
टिफिन कैरियर की
सबसे छोटी डिब्बी में
सबसे पहले निकाल लेती हूँ मैं
माधव का हिस्सा!
इसके पहले कि कोई देखे--
और अपनी भँवें करे टेढ़ी—
किसी डरी बच्ची की तरह
सट जाती है मेरी छाती से
खाने की डिब्बी!
जहाँ पार्वती रानी
अँटा नहीं पाती थी
एक भी मृणाल—
उन दोनों कलशों के बीच
प्रशस्त भाव से अटकी डिब्बी--
औरत की असम्भव-सी एषणाओं पर
स्टील का व्यंग्य-लेख भले हो—
लेकिन चुटकुला नहीं है,
हँसो नहीं इस पर तुम, साक्षी।

दृश्य : तीन

पार्क की ओर जाती हुई सड़क!
रिक्शे पर परेशान बहिनाबाई आती हैं

"कुतुबमीनार खो गया है!
कुतुबमीनार नहीं मिलता!
रुको ज़रा, रिक्शा!
पूछो किसी से!
मीनार है, कोई सुई नहीं है!

क्या हक है उसको खो जाने का?
खो जाने का हक तो किसी को नहीं होता,
फिर क्यों खो जाती हैं चीज़ें—
आँखों से चमक,
शब्द से सुगन्ध,
पायल से घुँघरू का बचवा?
रिक्शावाले भैया, चलो ज़रा साक्षी के घर चलो!
(बहुत सारी गलियाँ और सदियाँ
पार करके साक्षी का घर मिलता है,
लम्बी दस्तक के बाद खुलता है दरवाज़ा)

साक्षी : अरे, बहिनाबाई? तू इतने दिन कहाँ रही? कैसी है?

बहिनाबाई : मेरा माधव खो गया, साक्षी!

साक्षी : अच्छा, क्या एकदम से खो गया?

बहिनाबाई : कई-कई बरस वह मुझसे नहीं मिलता!
सड़कों पर, बसों में, पुलों पर
अचानक दमक जाती
थके हुए, अनजान लोगों की मुस्कान
लगती है आईना
उस सैलून का
जहाँ आकर
वह अपनी दाढ़ी
बनवा लेता है कभी-कभार!
पिछली दफ़ा जब वह मुझे मिला—
दाढ़ी बनवाकर लौटता हुआ, मैंने कहा—
"तुम भी हद करते हो,
किस धुन में रहते हो, कहाँ रहते हो?
उस दिन की सोचो—
जब मैं तुम्हें भी खो दूँगी!
तुम्हारी हथेलियों से उठकर
अपनी हथेलियो में आ जाने तक का सफ़र
वैसे तो नया नहीं है,
जाने-पहचाने हैं रास्ते,
लेकिन किसी श्लोक-से रट गये रास्ते—
और लोग-बाग भी—

उच्चरित ठीक से नहीं होते कभी-कभी!
मान जाओ, बहुत हुआ, चलो, घर चलो!"
माधव ने कहा—"अभी आया"
और मुझे पकड़ा गया अपना थैला!
यह थैला ढोती हुई
बत्तीस बरस से खड़ी हूँ—
सड़कों में, बसों में, पुलों पर
उसको टटोलती हुई लगातार!

साक्षी : पहले भी तो कभी-कभी
वह ऐसे ही मार जाता था डुबकी?

बहिनाबाई : और सोचती थी मैं—
डुबकी ही लेनी थी—
तो मेरे भीतर के खारे पानी में ही ली होती।
पनडुब्बी-सा मुझमें ही डूबकर करता पार
यह समुन्दर
जो मेरी देह से होकर
उसके उस तलवे में जाकर
होता है लीन
जहाँ उसे ब्याध ने
हिरण के भरम में ही
दे मारा था एक तीर!

साक्षी : वह डुबकी तो उसने ले ही रखी है तेरे भीतर!

बहिनाबाई : नहीं-नहीं, मुश्किल यही तो है—
कभी-कभी भीतर से भी ग़ायब लगती है
उसकी परछाईं!

साक्षी : आख़िर वह टिक क्यों नहीं पाया?

बहिनाबाई : वह शुरू से कहता था—
उसका मन झूला है—
मैं उसको बाँध नहीं पाती!
और बाँधती भी क्यों?
उसको दोलन में ही साँस टिकी थी
मेरी भीतर की दीवार-घड़ी की!
उसको उसकी माया, उसकी वशिमा भी
इतनी ही अच्छी लगती थी!

साक्षी : तो तू उससे जलती होगी?

बहिनाबाई : हाँ, शायद—कहीं एक लपट-सी सुलगती तो है,
लेकिन वह इतनी प्रचण्ड नहीं कि सीधी चिता बने,
न इतनी मद्धिम ही है कि उस पर
शकरकन्द, आलू या भुट्टे पकें!
जो न ले, न दे—वह आग
जले भी तो क्योंकर,
बुझे भी तो कैसे?

साक्षी : अच्छा तो तू उसको चिट्ठी नहीं लिखती?

बहिनाबाई : क्या बात करती है तू भी!
इतने युगों से लगातार मेरा मन
किसी टाइपराइटर-सा खट-खट-खट
उसे एक चिट्ठी लिख रहा है—
वही कभी दुनिया का रोना,
और कभी इच्छा का सन्ताप...
अगर कभी पूरी हुई चिट्ठी,
पूरी होकर उस तक पहुँच भी गयी—
वह खाक उसको पढ़ेगा,
पढ़ भी गया तो जवाब नहीं देगा—
चिन्दी-चिन्दी फाड़ देगा उसको—
काग़ज़ के झक् सफ़ेद
और अक्षरों के बहुत काले बादल
उस साल भर देंगे आसमान—और फ़सल अच्छी होगी।

साक्षी : तो क्या कोई रास्ता नहीं
जो तेरे माधव तक ले जाये तुझको?
रह-रहकर यह जो तू खुद भी खो जाती है—
वह क्या तू माधव को एस. टी. डी. करती है?

बहिनाबाई : मुश्किल यही तो है—
माधव का फ़ोन भी नहीं मिलता।
उसके ख़ाली घर में लगातार गूँजती है घण्टी
और एक विषण्ण आर्त्तनाद
दीवार से सिर टकराकर
पटकता है पाँव!
सारा संसार खुला छोड़कर

जब-तब निकल जाता है ईश्वर उसके बाहर!
और फिर हमारा अकेलापन–
खड्गहस्त, रक्तगात–
एकदम से खड़ा हो जाता है
भीड़ की प्रशस्त, नील, लोमश छाती पर
पाँव रोपकर!

साक्षी : एक विराट् नाच नाच रही है तू, बहिनाबाई...
लेकिन पगघुँघरू बिना बाँधे–
चुप, जैसे नाचती है धरती!

बहिनाबाई : सच कहना,
इस रास में
शामिल नहीं है क्या तू भी?

साक्षी : हाँ, मानती हूँ कि शामिल है इसमें हर स्त्री!
हर हलचल-चहल-पहल के बीच भी–
एक एकान्त लगातार नाचता है हर स्त्री के भीतर...
और कई एकान्त मिलकर कर लेते हैं ऐकान्तिक ईश्वर की सृष्टि!
सब कुछ करती-धरती, वह मगन रहती है उसमें ही!
एक किसी धुन पर लगातार नाचते
तन्मय एकान्तों का महारास है ज़िन्दगी।

□□